मैनेजमेंट

ब्रायन ट्रेसी सक्सेस सीरीज़ के अंतर्गत मंजुल द्वारा प्रकाशित अन्य पुस्तकें :

1. लीडरशिप
2. टाइम मैनेजमेंट
3. पर्सनल सक्सेस
4. सेल्स सक्सेस
5. मीटिंग्स दैट गेट रिज़ल्ट्ज़
6. मार्केटिंग
7. मोटिवेशन
8. बिज़नेस स्ट्रैटेजी
9. निगोशिएशन

मैनेजमेंट

ब्रायन ट्रेसी

अनुवाद : डॉ. सुधीर दीक्षित

MANJUL

मंजुल पब्लिशिंग हाउस

MANJUL

मंजुल पब्लिशिंग हाउस

कॉरपोरेट एवं संपादकीय कार्यालय

• द्वितीय तल, उषा प्रीत कॉम्प्लेक्स, 42 मालवीय नगर, भोपाल-462 003

विक्रय एवं विपणन कार्यालय

• सी-16, सेक्टर 3, नोएडा, उत्तर प्रदेश, 201301

वेबसाइट : www.manjulindia.com

वितरण केन्द्र

अहमदाबाद, बेंगलुरू, कोच्चि, कोलकाता, चेन्नई,
हैदराबाद, मुम्बई, नई दिल्ली, पुणे

ब्रायन ट्रेसी द्वारा लिखित मूल अंग्रेजी पुस्तक
मैनेजमेंट का हिन्दी अनुवाद

Management by Brian Tracy – Hindi Edition

मैनेजमेंट

मूल रूप से अमेरिकन मैनेजमेंट असोसिएशन इंटरनैशनल,
न्यू यॉर्क के प्रभाग ऐमेकॉम द्वारा प्रकाशित

यह हिन्दी संस्करण 2019 में पहली बार प्रकाशित
5वीं आवृत्ति 2026

ISBN 978-93-89143-68-3

अनुवाद : डॉ. सुधीर दीक्षित

मुद्रण व जिल्दसाज़ी : मणिपाल टेक्नोलॉजीज़ लिमिटेड, मणिपाल

अनुक्रमणिका

प्रस्तावना

दो सौ साल पहले यानी औद्योगिक क्रांति के शुरुआती वर्षों में ज़्यादातर संसार ग़रीब था। ज़्यादातर संसार आज भी ग़रीब है। इन 200 सालों में भाप के इंजन और बिजली के आगमन से जो औद्योगिक क्रांति शुरू हुई, वह प्रौद्योगिकी क्रांति में बदल चुकी है, जिसके आश्चर्यजनक लाभों का आज हम इस्तेमाल करते हैं। कहा जाता है कि उच्च-स्तरीय प्रौद्योगिकी ने ज़्यादातर पश्चिमी जगत में ग़रीबी को काफ़ी कम कर दिया है और इतने ज़्यादा लोगों के लिए इतनी ज़्यादा दौलत पैदा की है, जिसे मानव इतिहास में कभी संभव नहीं माना जाता था।

लेकिन सत्य यह है कि इसका श्रेय प्रौद्योगिकी को नहीं जाता है। श्रेय प्रौद्योगिकी क्रांति को नहीं, बल्कि *प्रबंधकीय* क्रांति को जाता है। यह सभी स्तरों के उद्यमों और संगठनों के मैनेजरों को जाता है, जो प्रगति की भारी छलाँगों के लिए ज़िम्मेदार रहे हैं। प्रौद्योगिकी हमेशा प्रबंधन के विकास का अनुसरण करती रही है।

इस पुस्तक में मैं आपसे 21 मुख्य विचारों पर बात करूँगा, जिनका इस्तेमाल करके आप ज़्यादा प्रभावी मैनेजर बन सकते हैं। यह विषय महत्त्वपूर्ण क्यों है? इतने वर्षों के मेरे अध्ययन में मैं सैकड़ों पुस्तकें पढ़ चुका हूँ, बिज़नेस डिग्री ले चुका हूँ और 1,000 से ज़्यादा बड़े कॉरपोरेशनों के परामर्शदाता, प्रशिक्षक व सलाहकार के रूप में काम कर चुका हूँ। मैं

हर साल सैकड़ों और कई बार तो हज़ारों मैनेजरों के साथ काम करता हूँ। मैंने अच्छे मैनेजर देखे हैं और ख़राब मैनेजर भी देखे हैं। मैंने यह पाया है कि 20 प्रतिशत मैनेजर 80 प्रतिशत परिणाम हासिल कर रहे हैं। इसका मतलब है कि बाक़ी 80 प्रतिशत मैनेजरों को सिर्फ़ 20 प्रतिशत परिणाम ही मिल रहे हैं।

इस पुस्तक में मेरा लक्ष्य आपको ऐसी तकनीकें और साधन, तरीक़े और विचार बताना है, जिनकी मदद से आप मैनेजरों के शीर्ष 20 प्रतिशत वाले समूह में पहुँच जाएँ। और अगर आप पहले से ही शीर्ष 20 प्रतिशत वाले समूह में हैं (और आप यह पुस्तक पढ़ रहे हैं, इसी बात से पता चलता है कि आप हैं), तो आप सीखेंगे कि मैनेजरों के शीर्ष 5 प्रतिशत वाले समूह में कैसे पहुँचें और फिर शीर्ष एक प्रतिशत वाले समूह में।

अनिश्चित विज्ञान

प्रबंधन एक अनिश्चित विज्ञान है। मैंने तीस से ज़्यादा व्यवसाय शुरू किए हैं, उन्हें विकसित किया है, उनका प्रबंधन व काया-कल्प किया है और मैं आपको विश्वास दिलाता हूँ कि कोई निश्चित जवाब नहीं हैं। ऐसे कोई जवाब नहीं हैं, जो सारे समय सही हों। प्रबंधकीय सफलता की कुंजी है सीखना और अभ्यास करना, बार-बार करना, हालाँकि शायद आप इसे 100 फ़ीसदी सही कभी नहीं कर पाएँगे।

जब विन्स लॉम्बार्डी ने ग्रीन बे पैकर्स के कोच का पद सँभाला, तो उनसे पूछा गया, "आप इस टीम के काम करने के तरीक़े को किस तरह बदलने वाले हैं? क्या आप नए दाँव सिखाने वाले हैं और नए विचार बताने वाले हैं कि गेंद को कैसे सँभाला जाए?"

उन्होंने कहा, "नहीं, हम तो बुनियादी बातों में ज़बर्दस्त बनने वाले हैं।"

मुझे लगता है कि प्रबंधन के क्षेत्र में 80 प्रतिशत सफलता बुनियादी बातों का बार-बार अभ्यास से मिलती है। और ये बुनियादी बातें किसी मैनेजर के लगभग 20 प्रतिशत कामों में आती हैं। इस पुस्तक में आप प्रबंधन की यही 20 प्रतिशत योग्यताएँ सीखेंगे या आपको उनकी याद दिलाई जाएगी, जिनसे सारा फ़र्क़ पड़ता है।

अगर आप उन्हीं तरीक़ों का अभ्यास करते हैं, जिनका अभ्यास सबसे सफल मैनेजर करते हैं, तो कई बार तो आप कुछ ही दिनों में मैनेजर के रूप में इतना ज़्यादा हासिल कर लेंगे, जितना पहले कई हफ़्तों या महीनों में भी नहीं कर पाए थे।

मैनेजर की परिभाषा

आइए मैनेजर की परिभाषा से शुरू करते हैं। मैनेजर वह व्यक्ति है, जो दूसरों के साथ और दूसरों के ज़रिये काम करके परिणाम हासिल करता है। मैनेजर वह व्यक्ति है, जो सही चीज़ों को सही करता है।

उत्कृष्ट मैनेजर का क्या मतलब है? उत्कृष्ट मैनेजर वह है, जो लगातार अपना सर्वश्रेष्ठ प्रदर्शन करके श्रेष्ठ परिणाम हासिल करता है और साथ ही दूसरों की संभावनाओं व क्षमताओं को सामने लाता है, जिससे वे संगठन में और भी ज़्यादा योगदान दे सकें।

कोई संगठन कितना शक्तिशाली है, यह सभी स्तरों पर इसके मैनेजरों की गुणवत्ता से तय होता है। वे व्यावसायिक सेना के 'अधिकारी' हैं। वे जो करते हैं और उसे जितनी अच्छी तरह करते हैं, मुख्यतः उसी से कंपनी की सफलता तय होती है।

सबसे पारंपरिक अध्ययन बताते हैं कि आम कर्मचारी अपनी क्षमता से 50 प्रतिशत से भी कम काम करता है और कई बार तो सिर्फ़ 40 या 30 प्रतिशत काम करता है। अच्छा मैनेजर एक ऐसा परिवेश बनाता है, जहाँ आम कर्मचारी अपनी क्षमता से 60 प्रतिशत, 70 प्रतिशत,

80 प्रतिशत, 90 प्रतिशत और कभी-कभार तो 100 प्रतिशत पर काम करता है और संगठन की सफलता में औसत के बजाय भारी योगदान देता है।

आगे उत्कृष्ट मैनेजर बनने के इक्कीस मुख्य विचार बताए गए हैं।

1

प्रभावी प्रबंधन के मुख्य प्रश्न

ज़्यादा प्रभावी बनने का शुरुआती बिंदु यह है कि आप सही प्रश्न पूछें और उनका जवाब दें : बार-बार। इन प्रश्नों के जबाब देने से आपको यह फ़ायदा होगा कि आपकी निगाह गेंद पर जमी रहेगी। उत्कृष्ट मैनेजर महत्त्वपूर्ण प्रश्नों के जवाबों के बारे में बहुत जागरूक होते हैं।

प्रभावी प्रबंधन के मुख्य प्रश्न हैं :

- *आपको वेतन क्यों मिलता है?* अच्छे मैनेजर प्रक्रिया-केंद्रित या गतिविधि-केंद्रित होने के बजाय बेहद परिणाम-केंद्रित होते हैं। वे हमेशा उन परिणामों पर ध्यान केंद्रित रखते हैं, जिन्हें हासिल करने के लिए उन्हें वेतन दिया जाता है। आपको कौन सा काम करने के लिए नौकरी दी गई है?
- *वह अनूठा योगदान क्या है, जो आप दे सकते हैं?* ऐसी कौन सी चीज़ है, जिसका योगदान आप और सिर्फ़ आप ही अपने संगठन को दे सकते हैं, जिसे अच्छी तरह करने से महत्त्वपूर्ण फ़र्क़ पड़ेगा?

- *आप क्या करने की कोशिश कर रहे हैं और आप उसे कैसे करने की कोशिश कर रहे हैं?* अपने काम का विश्लेषण करें और पूछें कि आप कोई चीज़ क्यों कर रहे हैं और दूसरी कोई चीज़ क्यों नहीं कर रहे हैं। ज़्यादातर लोग अपने 80 प्रतिशत समय में 80 प्रतिशत ऐसा काम करते हैं, जिनसे वे अपनी क्षमता से सिर्फ़ 20 प्रतिशत मूल्य का योगदान देते हैं। उच्चतम प्रदर्शन करने वाले मैनेजर हमेशा उन चुनिंदा चीज़ों पर ध्यान केंद्रित करते हैं, जिन्हें ख़ास अच्छी तरह करने से सच्चा फ़र्क़ पड़ता है।
- *आपकी मान्यताएँ क्या हैं?* आपको अपनी मान्यताओं पर प्रश्न करना चाहिए। अगर आपकी मान्यताएँ ग़लत हुईं, तो क्या होगा? तब आप क्या करेंगे?
- *क्या इससे अच्छा तरीक़ा हो सकता है?* आज आप जो भी कर रहे हैं, शायद उन्हीं लक्ष्यों को हासिल करने के कई बेहतर तरीक़े हो सकते हैं। अपने दिमाग़ को खुला रखें।

ये प्रश्न लगातार पूछने से आपकी समझ गहरी होती है, आपकी समझ का दायरा फैलता है और इसके जवाब में जो ज्ञान और विचार मिलते हैं, उनसे आपको ज़्यादा प्रभावी बनने में मदद मिलती है - इससे आप कम समय में अपने संगठन के प्रति ज़्यादा मूल्यवान योगदान दे सकते हैं।

2

मुख्य परिणाम के क्षेत्रों पर ध्यान केंद्रित करना

आपके मुख्य परिणाम क्षेत्र आपके योगदान के सबसे महत्त्वपूर्ण क्षेत्र हैं। प्रबंधन के क्षेत्र में मुख्य परिणाम के क्षेत्रों पर एकाग्रता ही आपकी प्रभावकारिता, आपके भविष्य और आपके करियर में सफलता की कुंजी है।

मैनेजरों के लिए सात मुख्य परिणाम क्षेत्र होते हैं। इनमें से प्रत्येक महत्त्वपूर्ण है और आपका ओहदा जो भी हो, उनमें से एक परिणाम क्षेत्र शायद किसी समय आपके लिए किसी दूसरे से ज़्यादा महत्त्वपूर्ण होता है। बदलती परिस्थितियों के साथ एक मुख्य परिणाम क्षेत्र सबसे अहम बन जाएगा और दूसरे का महत्व घट जाएगा, लेकिन अगर आप हर क्षेत्र में बेहतर बनना और अपने सर्वश्रेष्ठ स्तर पर प्रदर्शन करना चाहते हैं, तो आपको पता होना चाहिए कि ये सात मुख्य परिणाम क्षेत्र कौन से हैं।

ग्राहक मायने रखते हैं

किसी व्यवसाय में पहला मुख्य परिणाम क्षेत्र है ग्राहक की आवश्यकताएँ। ग्राहक की परिभाषा है “वह व्यक्ति जो आप पर निर्भर है और

जिस पर आपके करियर की सफलता निर्भर है।"

हर मैनेजर को सफल होने के लिए तीन 'ग्राहकों' की सेवा करनी होती है। ज़ाहिर है, पहला ग्राहक आपका बॉस है। मैनेजरों को अपने बॉस को उनकी मनचाही चीज़ देनी चाहिए और उसी रूप में देनी चाहिए, जिसकी वे माँग करते हैं। जब तक आप अपने बॉस को ख़ुश रखते हैं, आपकी नौकरी सुरक्षित रहेगी और आपका भविष्य सुनिश्चित होगा।

जिस दूसरे ग्राहक को आपको संतुष्ट करना होता है, वह बाहरी ग्राहक है। यह वह ग्राहक है, जो आपके द्वारा उत्पन्न चीज़ का इस्तेमाल करता है। यह बाज़ार का बाहरी ग्राहक हो सकता है या फिर आपकी कंपनी के भीतर का कोई दूसरा विभाग भी हो सकता है। ग्राहक के संतुष्ट होने पर ही यह माना जाएगा कि आपका काम उत्कृष्ट है।

तीसरा ग्राहक है आपका स्टाफ़। उन्हें ख़ुश रखना और उन्हें उनके समय के सबसे मूल्यवान उपयोग पर केंद्रित रखना बेहद अनिवार्य है, ताकि आप स्टाफ़ के हर सदस्य से अधिकतम परिणाम हासिल कर सकें।

मुनाफ़ा और घाटा

व्यवसाय में दूसरा मुख्य परिणाम क्षेत्र है अर्थशास्त्र। कंपनी की सारी सफलता अर्थशास्त्र से तय होती है। मैनेजर लगातार या तो आमदनी बढ़ाने की कोशिश करते हैं या फिर लागत घटाने की। मैनेजर के रूप में आप आउटपुट (अंतिम प्रॉडक्ट या सेवा) के मूल्य के संदर्भ में इनपुट (कच्चे माल आदि) की लागत के बारे में लगातार सोचते रहते हैं।

अर्थशास्त्र हमेशा 'उच्चतम सीमा' का ज़िक्र करता है। आप हमेशा किसी ख़ास काम में धन, समय, ऊर्जा और भावना के निवेश पर सर्वोच्च संभव मुनाफ़ा पाने की कोशिश कर रहे होते हैं।

गुणवत्ता पर ध्यान केंद्रित करें

प्रबंधन का तीसरा मुख्य परिणाम क्षेत्र है गुणवत्ता। काफ़ी हद तक आपके काम की गुणवत्ता ही व्यवसाय में आपका भविष्य तय करती है।

एक्ज़ीक्यूटिव के रूप में आप ज़िम्मेदारी के अपने क्षेत्र के लिए पैमाने तय करते हैं। आप अपने प्रॉडक्ट्स और सेवाओं के लिए गुणवत्ता के जो पैमाने तय करते हैं, वे ख़ास महत्त्वपूर्ण होते हैं। इतने ही महत्त्वपूर्ण वे पैमाने हैं, जो आप अपने काम की गुणवत्ता के लिए तय करते हैं। इस कारण आपको गुणवत्ता पर ज़ोर देना चाहिए, गुणवत्ता पर चर्चा करनी चाहिए और दूसरों को इस बारे में लगातार सोचने के लिए प्रोत्साहित करना चाहिए कि आप अपने आंतरिक या बाहरी ग्राहकों के लिए जो काम करते हैं, उसकी गुणवत्ता को कैसे बेहतर बनाया जा सकता है।

कम से ज़्यादा उत्पन्न करें

व्यवसाय में चौथा मुख्य परिणाम क्षेत्र है उत्पादकता। सबसे सफल कंपनियाँ अपने संसाधनों का इस्तेमाल कार्यकुशलता से और अच्छी तरह करती हैं। वे अपने प्रतिस्पर्धियों की तुलना में इनपुट की प्रत्येक इकाई से ज़्यादा आउटपुट हासिल करती हैं। वे लगातार बेहतर, ज़्यादा तेज़ या ज़्यादा सस्ती चीज़ें करने के तरीक़े खोजती रहती हैं।

उत्पादकता बढ़ाने पर एकाग्रता तभी बनी रहेगी, जब आप स्पष्ट लक्ष्यों, योजनाओं, अनिवार्य कामों की जाँचसूचियों और कम समय में ज़्यादा से ज़्यादा चीज़ें करने पर हमेशा एकाग्रता बनाए रखेंगे।

नवाचार और सृजनात्मकता

व्यवसाय में पाँचवाँ मुख्य परिणाम क्षेत्र है नवाचार - प्रतिस्पर्धी बाज़ार में अपने ग्राहकों की हमेशा बढ़ती माँगों को संतुष्ट करने के लिए नए प्रॉडक्ट, सेवाएँ और व्यवसाय करने के तरीक़े खोजना।

नवाचार के लिए एक ऐसी संस्कृति बनानी होती है, जो कर्मचारियों को नए विचार सोचने व देने के लिए प्रोत्साहित करे। इन नए विचारों में काम करने के बेहतर तरीक़े, व्यवसाय के प्रति नई नीतियाँ, नए प्रॉडक्ट, नई सेवाएँ और व्यवसाय को चलाने की नई प्रणालियाँ व प्रक्रियाएँ शामिल हैं। एक शीर्ष एक्ज़ीक्यूटिव ने लिखा था, "हमारा एकमात्र स्थायी प्रतिस्पर्धी लाभ यह है कि हममें अपने प्रतिस्पर्धियों की तुलना में सीखने और नए विचारों पर ज़्यादा तेज़ी से अमल करने की योग्यता है।"

नवाचार की शक्ति के सर्वश्रेष्ठ उदाहरणों में से एक एप्पल और सैमसंग के बीच का स्मार्टफ़ोन युद्ध है। जब एप्पल ने 2007 में बाज़ार में आईफ़ोन उतारा, तो इसने मोबाइल फ़ोन के पूरे संसार में धूम मचा दी। एक साल के भीतर ही एप्पल ने अपने नए प्रॉडक्ट के करोड़ों यूनिट बेच दिए और हर यूनिट पर लगभग 50 प्रतिशत का ग्रॉस मार्जिन कमाया।

इसी समय उपभोक्ता इलेक्ट्रॉनिक्स और लैपटॉप कंप्यूटर के निर्माता सैमसंग ने निर्णय लिया कि स्मार्टफ़ोन बाज़ार नवाचार और विस्तार के लिए बहुत अच्छा क्षेत्र था। एप्पल एक साल या डेढ़ साल में अपने आईफ़ोन का नया संस्करण बाज़ार में उतार रहा था, जबकि सैमसंग हर साल नए स्मार्टफ़ोनों के तीन से पाँच संस्करण बाज़ार में उतारने लगा।

पाँच साल के भीतर ही यानी 2013 में मोबाइल बाज़ार में एप्पल के आईफ़ोन की हिस्सेदारी 50 प्रतिशत से घटकर 12.9 प्रतिशत रह गई। तूफ़ानी अंदाज़ में नवाचार करने और नए प्रॉडक्ट उतारने की दर की वजह से 'नवाचारी' सैमसंग ने 2013 में पूरे संसार के स्मार्टफ़ोन बाज़ार में 69 प्रतिशत हिस्सेदारी हासिल कर ली।

अपने कर्मचारियों का विकास करें

व्यवसाय में छठा मुख्य परिणाम क्षेत्र है कर्मचारियों का विकास। जिन कर्मचारियों पर आपका व्यवसाय निर्भर है, आप उनके प्रशिक्षण और विकास में कितने समय और पैसे का निवेश करते हैं?

अमेरिकन सोसायटी फ़ॉर ट्रेनिंग एंड डेवलपमेंट के अनुसार विकास और मुनाफ़े के संदर्भ में शीर्ष 20 प्रतिशत कंपनियाँ अपनी सकल आमदनी का 3 प्रतिशत या इससे ज़्यादा पैसा उन लोगों के प्रशिक्षण पर ख़र्च करती हैं, जो उस आमदनी के लिए ज़िम्मेदार हैं।

पत्रिका *ह्यूमन रिसोर्स एक्ज़ीक्यूटिव* में प्रकाशित एक लेख के अनुसार कर्मचारियों को प्रशिक्षित करने का लाभ बहुत ज़्यादा होता है। कर्मचारी जो काम करते हैं, उसमें उन्हें बेहतर बनाने के लिए प्रशिक्षण देने में आप जो एक डॉलर ख़र्च करते हैं, उससे आपको 10 डॉलर से लेकर 32 डॉलर की अतिरिक्त आमदनी होती है।

संगठनात्मक विकास

व्यवसाय में सातवाँ मुख्य परिणाम क्षेत्र है संगठनात्मक विकास। इसमें उन चीज़ों के बारे में सोचना और उन्हें करना शामिल है, जो संगठन के परिवेश को सकारात्मक और सद्भावपूर्ण बनाती हैं। ये आपके व्यवसाय के वे पहलू हैं, जिनकी बदौलत कर्मचारी वहाँ काम करके ख़ुश और पूर्ण संलग्न महसूस करते हैं। इसके अलावा, ये पहलू उन्हें उनके सर्वश्रेष्ठ स्तर पर उत्पादन करने में सक्षम भी बनाते हैं।

आपको ख़ुद से लगातार पूछना चाहिए कि आप इन सात मुख्य परिणाम के क्षेत्रों में से प्रत्येक को बेहतर बनाने के लिए क्या कर सकते हैं : ग्राहक की आवश्यकताएँ, अर्थशास्त्र, गुणवत्ता, उत्पादकता, नवाचार, कर्मचारी विकास और प्रशिक्षण और संगठनात्मक विकास। वे कौन सी 20 प्रतिशत गतिविधियाँ हैं, जो आपके 80 प्रतिशत परिणामों के लिए उत्तरदायी हैं? वे कौन सी 20 प्रतिशत समस्याएँ हैं, जो आपके 80 प्रतिशत तनाव या कम उपलब्धि के लिए ज़िम्मेदार हैं? वे कौन सी 20 प्रतिशत चीज़ें हैं, जो आप कर सकते हैं और जो आपको अपने क्षेत्र में 80 प्रतिशत अवसरों का लाभ लेने में सक्षम बना सकती हैं?

उत्कृष्ट मैनेजर स्पष्ट होते हैं। वे अपने प्रयास अपने व्यवसाय के मुख्य परिणाम के क्षेत्रों पर लगातार केंद्रित करते हैं।

3

प्रदर्शन के मापदंड तय करें

अपने मुख्य परिणाम क्षेत्र तय करने के बाद अगला क़दम यह है कि आप इनमें से हर परिणाम क्षेत्र के लिए प्रदर्शन के मापदंड तय करें। जैसा योगी बेरा ने कहा था, "आप जिस लक्ष्य को देख नहीं सकते, उसे आप भेद भी नहीं सकते।"

मैनेजर के रूप में अपना सर्वश्रेष्ठ प्रदर्शन करने के लिए आपको प्रदर्शन के मापदंड तय करने चाहिए। आपको अपनी ज़िम्मेदारी के क्षेत्र में आने वाले हर काम में *उत्कृष्ट प्रदर्शन* के मापदंड भी तय करने चाहिए। कर्मचारियों को सटीकता से जान लेना चाहिए कि आप क्या चाहते हैं और किस स्तर की गुणवत्ता चाहते हैं।

मापदंड विशिष्ट, मापने योग्य और समयबद्ध होने चाहिए। याद रखें, "जिसे मापा जाता है, उसे ही किया जाता है।"

जब आप दूसरे लोगों से कोई काम करने को कहते हैं, तो आपको उन्हें बता देना चाहिए कि यह काम कब तक हो जाना चाहिए। साथ ही, आपको यह भी बता देना चाहिए कि आप उस काम की गुणवत्ता को कैसे मापेंगे।

हाल के वर्षों में व्यवसाय में सबसे ऊँची छलाँग का श्रेय 'मापन-आधारित प्रबंधन' की अवधारणा को देना चाहिए। यहाँ आप अपनी कंपनी की हर गतिविधि के लिए निश्चित संख्या, पैमाने और मापदंड तय करते हैं। यहाँ तक कि इस बात के लिए भी कि फ़ोन की घंटी कितनी बार बजने पर उसे उठाया जाए।

हॉथोर्न प्रभाव

मनोविज्ञान में एक सिद्धांत है, जिसे हॉथोर्न प्रभाव कहा जाता है। यह 1928 में वेस्टर्न इलेक्ट्रिक हॉथोर्न में श्रम उत्पादकता पर किए गए एक पथप्रदर्शक शोध से निकला है। उन्होंने यह पाया कि जब लोग किसी ख़ास संख्या या लक्ष्य के बारे में स्पष्ट होते हैं, तो वे लगातार अपनी तुलना उस संख्या से करते रहते हैं। उल्लेखनीय बात यह है कि इस तुलना की वजह से चेतन व अचेतन रूप से उस क्षेत्र में उनका प्रदर्शन बेहतर हो जाता है। सतत बेहतरी की यह प्रक्रिया तब शुरू होती है, जब आप और आपके कर्मचारी किसी संख्या के बारे में स्पष्ट होते हैं।

प्रदर्शन के मापदंड पूरे करना ही कंपनी में पुरस्कार देने का एकमात्र आधार होना चाहिए। किसी शीर्ष कंपनी में पुरस्कार प्रदर्शन, उत्कृष्टता, बढ़ी हुई बिक्री और मापने योग्य उपलब्धि के आधार पर दिए जाते हैं। पुरस्कार सिर्फ़ प्रदर्शन और परिणामों के आधार पर ही देना चाहिए।

अपनी अद्भुत पुस्तक *द ग्रेटेस्ट मैनेजमेंट प्रिंसिपल इन द वर्ल्ड* में माइकल लेबॉफ़ कहते हैं, "जिस काम को पुरस्कृत किया जाता है, उसे ही किया जाता है।" आपको अपने कामकाज में ख़ुद से जो अहम प्रश्न लगातार पूछना चाहिए, वह यह है, "किस काम को पुरस्कृत किया जाता है?"

क्या आप उस प्रदर्शन को पुरस्कार दे रहे हैं, जिसे आप चाहते हैं या जिसकी आपको ज़रूरत है? जब भी आप मापदंड से कमतर प्रदर्शन

करने वाला कोई संगठन या विभाग देखें, तो आप लगभग हमेशा यह पाएँगे कि वहाँ ग़लत चीज़ों को पुरस्कृत किया जा रहा है।

प्रतिकूल प्रोत्साहन

मैं एक कंपनी के लिए काम करता था। वहाँ संभावित ग्राहक लाने के लिए टेलीमार्केटरों को पुरस्कार या बोनस दिया जाता था। शर्त यह थी कि टेलीमार्केटर इन संभावित ग्राहकों को कंपनी की सेवाओं की लाइव सेल्स प्रस्तुति में लेकर आएँ। पुरस्कार के इस तंत्र की बदौलत सैकड़ों संभावित ग्राहक हर महीने एक बड़ी प्रस्तुति में आ जाते थे, लेकिन इनमें से बहुत कम ग्राहक ही कंपनी की सेवाएँ सचमुच ख़रीदते थे। कुछ समय बाद मैनेजरों की समझ में आ गया कि वे ग़लत चीज़ों को पुरस्कृत कर रहे थे।

फिर उन्होंने अपने भुगतान या पुरस्कार तंत्र को बदल दिया। उन्होंने कहा कि अब वे प्रस्तुति में आमंत्रित लोगों को होने वाली बिक्री पर कमीशन देंगे। नई प्रोत्साहन नीति आने के बाद टेलीमार्केटर ज़्यादा सावधान हो गए और वे केवल पात्र संभावित ग्राहकों को ही आमंत्रित करते थे, जो तुरंत सामान ख़रीद सकते थे। अगले कुछ महीनों में ही कंपनी का व्यवसाय दोगुना और फिर चौगुना हो गया।

अपेक्षित प्रदर्शन की जाँच करें

एक बार जब आप प्रदर्शन के मापदंड तय कर दें, तो आपको अपेक्षित प्रदर्शन की जाँच भी करनी चाहिए। यही काफ़ी नहीं है कि आप कोई काम सौंप दें और प्रदर्शन के मापदंड तय कर दें। आपको कर्मचारी से नियमित जानकारी लेनी चाहिए, ताकि यह तसल्ली रहे कि काम समय पर हो रहा है और पहले से तय मापदंड के अनुरूप हो रहा है।

कर्मचारी अपने काम को तब ज़्यादा महत्त्व देते हैं, जब उन्हें पता होता है कि बॉस को इतनी परवाह है कि उसने मापदंड तय किए हैं और

वह उनके पूरे होने की जाँच कर रहा है। इस नियमित जाँच का विपरीत यह है कि बॉस कोई काम सौंपकर दूसरी चीज़ों की ओर मुड़ जाता है। वह कर्मचारियों के प्रदर्शन को मापता नहीं है, फ़ीडबैक नहीं देता है, बल्कि प्रदर्शन करने के लिए उन्हें अकेला छोड़ देता है।

काम सौंपने का अर्थ ज़िम्मेदारी त्यागना नहीं है, हालाँकि आपने काम किसी दूसरे व्यक्ति को सौंप दिया है, लेकिन आप अब भी इसे सफलतापूर्वक पूरा कराने के लिए ज़िम्मेदार हैं। आप जब अपेक्षित प्रदर्शन की जाँच करते हैं, तभी कर्मचारियों को यह विश्वास होगा कि आपके हिसाब से वह काम महत्त्वपूर्ण है। तभी वे तय मापदंडों को पूरा करने की कोशिश करेंगे।

स्पष्टता अनिवार्य है

व्यवसाय और जीवन में *स्पष्टता* उन सबसे महत्त्वपूर्ण शब्दों में से एक है, जिन्हें सफलता के साथ जोड़ा जाता है। हज़ारों कर्मचारियों के सर्वेक्षण में उनसे पूछा गया कि उनके सर्वश्रेष्ठ अधिकारियों में कौन से गुण थे। वे सभी इस बिंदु पर एकमत थे : “मैं हमेशा जानता था कि मेरे बॉस मुझसे क्या कराना चाहते थे।”

आपको मुख्य परिणाम के क्षेत्रों और प्रदर्शन के मापदंडों के बारे में स्पष्ट होना चाहिए। स्पष्टता के बिना आप या आपके कर्मचारी उच्च स्तरीय प्रदर्शन नहीं कर सकते। अगर आप काम को उत्कृष्ट तरीक़े से नहीं कर सकते, तो आपको मान्यता और प्रमोशन नहीं मिल सकता या आप श्रेष्ठता से काम पूरा नहीं कर सकते। मैनेजर के रूप में आपके अधीनस्थ लोग तब तक अपना सर्वश्रेष्ठ प्रदर्शन नहीं कर सकते, जब तक उन्हें पूरी तरह से ना पता हो कि सर्वश्रेष्ठ प्रदर्शन कैसा होता है और इसका मापन कैसे किया जाएगा।

आप अपने स्टाफ़ के सदस्यों के लिए सबसे अच्छी चीज़ यह कर सकते हैं कि आप इस बारे में पूर्णतः स्पष्ट होने में उनकी मदद करें कि

आपको उनसे क्या कराना है और उनके प्रदर्शन का मापदंड क्या होगा। जब लोगों को वह लक्ष्य स्पष्ट दिखता है, जिस पर उन्हें निशाना साधना है, तो वे अपने उत्पादन और आउटपुट की गुणवत्ता व मात्रा से आपको अक्सर हैरान कर देंगे।

4

अपनी शक्तियों को केंद्रित करें

वॉरेन बफ़े, बिल गेट्स जूनियर और बिल गेट्स सीनियर एक सामाजिक समारोह में चर्चा कर रहे थे। तभी एक एक्ज़ीक्यूटिव ने उनके पास आकर पूछा, "आप लोगों की नज़र में व्यवसाय में सफलता के लिए सबसे महत्त्वपूर्ण गुण कौन सा है?"

पास खड़े लोगों के अनुसार ये तीनों बेहद सफल व्यवसायी प्रश्न पूछने वाले की ओर मुड़े और एक साथ बोले, 'फ़ोकस!'

आज के संसार में अवरोधों की भरमार है। फ़ोन और वॉइस मेल से लेकर टेक्स्ट मैसेज, इंटरनेट और चारों ओर के लोगों की तरफ़ से व्यवधान लगातार आते रहते हैं। ऐसे में एकाग्रचित्त मानसिकता से पूरा ध्यान केंद्रित करने की योग्यता आपकी सफलता के लिए अनिवार्य है। वास्तव में जीवन में सारी सच्ची सफलता अपना समय, ध्यान और गुण उन चंद कामों पर एकाग्र करने की योग्यता से मिलती है, जो आपके कामकाज में आपकी सफलता को तय कर सकते हैं। यही मुख्य परिणाम क्षेत्र परिभाषित करने और प्रदर्शन के मापदंड तय करने का असल उद्देश्य है।

समूचे समय प्रबंधन का सार इस एक प्रश्न का जवाब है : "इस वक़्त मेरे समय का सबसे मूल्यवान उपयोग क्या है?" शायद समय प्रबंधन की सर्वश्रेष्ठ परिभाषा यह है कि यह "घटनाओं का क्रम चुनने की आपकी योग्यता है।" आपके समय को क्रम व्यवस्थित करने की आपकी योग्यता आपकी और आपके अधीनस्थों की भी उत्पादकता को दोगुना और तिगुना करने की कुंजी है, जब आप इस बारे में स्पष्टता से जानते हैं कि आप सबसे पहले क्या करेंगे, दूसरे नंबर पर क्या करेंगे और कौन सा काम बिलकुल नहीं करेंगे।

तीन का नियम

मैंने समय प्रबंधन का तीस साल से ज़्यादा समय तक अध्ययन किया है और इसे सिखाया है। इस दौरान मुझे एक शक्तिशाली सिद्धांत का पता चला है, जो जीवन और करियर में संभवतः काया-कल्प कर सकता है। यह तीन का नियम है। यह कहता है कि आप एक महीने में चाहे जितने काम करते हों, सिर्फ़ तीन काम और गतिविधियाँ ही होती हैं, जो व्यवसाय में आपके 90 प्रतिशत योगदान के लिए ज़िम्मेदार होती हैं।

इस अर्थ में *योगदान* शब्द करियर में आपकी सफलता तय करने में काफ़ी शक्तिशाली है। आपकी कंपनी के सकल लक्ष्य हासिल करने में आपका योगदान जितना ज़्यादा मूल्यवान होता है, आप भी उतने ही ज़्यादा मूल्यवान और महत्त्वपूर्ण बन जाते हैं।

तीन जादुई प्रश्न

आप अपने 'बड़े तीन काम' कैसे तय करें? आसान है। तीन जादुई सवाल पूछें।

अगर मैं दिन भर सिर्फ़ एक चीज़ कर सकूँ, तो वह कौन सा एक काम या गतिविधि होगी, जो मेरी कंपनी में सबसे ज़्यादा मूल्यवान योगदान देगी? एक महीने में आप जो भी करते हैं, हर चीज़ की सूची बना लें,

फिर इस सूची की समीक्षा करें। आपको शायद तुरंत नज़र आ जाएगा कि आप वह कौन सा एक काम करते हैं, जिससे सबसे ज़्यादा योगदान मिलता है। उस काम पर गोला लगा लें।

अगर मैं दिन भर सिर्फ़ दो ही चीज़ें कर सकूँ, तो वह दूसरा काम कौन सा होगा, जो मेरी कंपनी में सबसे ज़्यादा मूल्यवान योगदान देगा? आमतौर पर यह काम भी आपको तुरंत दिख जाएगा। आपको सही जवाब मिल गया है, यह सुनिश्चित करने के लिए आप अलग-अलग कामों की तुलना कर सकते हैं, लेकिन इसे पहचानना आमतौर पर मुश्किल नहीं होता।

अगर मैं दिनभर सिर्फ़ तीन ही चीज़ें कर सकूँ, तो वह तीसरा काम कौन सा होगा, जो मेरी कंपनी में सबसे ज़्यादा मूल्यवान योगदान देगा? मैंने यह अभ्यास कई हज़ार एक्ज़ीक्यूटिव्ज़ और व्यवसाय मालिकों के साथ किया है। बिना किसी अपवाद के हर मामले में, एक-दो मिनट में ही लोगों को पूरी स्पष्टता से समझ आ जाता है कि वे कौन से तीन सबसे महत्त्वपूर्ण काम करते हैं (या जो उन्हें करने चाहिए), जो उनके और उनकी कंपनी के प्रति सबसे ज़्यादा मूल्यवान योगदान देंगे।

तीन के नियम का मतलब है कि इन तीन बड़े कामों के अलावा बाक़ी हर चीज़ 10 प्रतिशत की श्रेणी में आती है। आप इनके सिवाय जो भी करते हैं, वह हर चीज़ कम मूल्य की है या मूल्यहीन है। प्रबंधकों की असफलता का बुनियादी कारण यह होता है कि बहुत सारे लोग बहुत सारा समय उन बहुत सारे कामों को करने में बिता देते हैं, जिनका उनके ख़ुद के लिए या उनके व्यवसाय के लिए या तो बहुत कम मूल्य होता है या बिलकुल भी नहीं होता। वे ज़रा भी योगदान नहीं देते हैं।

दूसरों के लिए बड़े तीन काम स्पष्ट करें

एक बार जब आप अपने समय के सबसे मूल्यवान उपयोग के बारे में पूरी तरह स्पष्ट हो जाएँ, तो इसके बाद अपने हर अधीनस्थ की मदद

करें, ताकि वह भी अपने 'बड़े तीन काम' पहचान ले। वे पूरे दिन कौन से तीन काम कर सकते हैं, जिनसे सबसे ज़्यादा योगदान मिल सकता है? जब आप इन तीन कामों को पूरी तरह स्पष्ट करने और उन पर एकाग्र होने में अपने कर्मचारियों की मदद करते हैं, तो आप अपनी पूरी कामकाजी टीम की उत्पादकता और प्रदर्शन का काया-कल्प कर सकते हैं।

आप अपने स्टाफ़ के सदस्यों के लिए जो सबसे ज़्यादा नेकी का काम कर सकते हैं, वह यह है कि इस प्रश्न का जवाब देने के लिए उन्हें प्रोत्साहित करें। जब कर्मचारियों को अपने सबसे महत्त्वपूर्ण काम पता होंगे, तभी वे श्रेष्ठ प्रदर्शन कर सकते हैं। जब वे अपने मुख्य काम करते हैं और उन्हें अच्छी तरह व समय पर करते हैं, तभी वे अपना अधिकतम योगदान दे सकते हैं और उन्हें ज़्यादा तेज़ी से वेतन वृद्धि और प्रमोशन मिल सकता है।

अधिकतम प्रदर्शन के तीन शब्द हैं *स्पष्टता, फ़ोकस और एकाग्रता*। एक बार जब आप सबसे महत्त्वपूर्ण काम तय कर लेते हैं, जिसे आप पूरा कर सकते हैं, तो ख़ुद के प्रति आपका अगला कर्तव्य यह है कि आप उस एक काम पर एकाग्र मानसिकता के साथ पूरा ध्यान केंद्रित कर लें, जब तक कि वह 100 प्रतिशत पूरा ना हो जाए।

काम पूरा करना कामकाज और जीवन में सफलता की कुंजी है। महत्त्वपूर्ण काम पूरे करना बड़ी सफलता की और भी कारगर कुंजी है। बाक़ी किसी भी चीज़ से पहले अपने सबसे महत्त्वपूर्ण काम पूरे करने की आदत डालें। इससे आपका करियर तरक्क़ी के तीव्र मार्ग पर जितनी तेज़ी से पहुँचेगा, उतना आपके द्वारा ऑफ़िस में की जाने वाली किसी दूसरी गतिविधि से नहीं पहुँचेगा। (यदि आप अपनी उत्पादकता, प्रदर्शन और आउटपुट बढ़ाने के ज़्यादा विचार जानना चाहते हों, तो कृपया *टाइम मैनेजमेंट* पर मेरी एमाकॉम मिनीबुक पढ़ें।)

5

प्रबंधन के अत्यावश्यक कार्य

प्रबंधन के कई अत्यावश्यक कार्य होते हैं, जिनसे किसी एक्ज़ीक्यूटिव की सफलता या असफलता तय होती है। 'अत्यावश्यक कार्य की अवधारणा' चिकित्सा और शारीरिक स्वास्थ्य के क्षेत्र से उत्पन्न हुई है। यह आपके करियर में अपनी गतिविधियों को देखने का एक मौलिक और सहायक तरीक़ा है।

मान लें कि आप पूर्ण शारीरिक परीक्षण के लिए किसी डॉक्टर के पास जाते हैं। डॉक्टर आपको बताता है कि आपको बहुत सी संभावित चिकित्सकीय समस्याएँ हैं। आपका वज़न ज़्यादा है और आपको हाई ब्लड प्रेशर है, आप शारीरिक दृष्टि से फ़िट नहीं हैं, ग़लत भोजन कर रहे हैं और ख़राब स्वास्थ्य आदतों को अपना रहे हैं।

अगर आप सचमुच स्वस्थ होना चाहते हैं, तो आप इनमें से प्रत्येक अत्यावश्यक कार्यक्षेत्र में परिवर्तन और सुधार करेंगे। अत्यावश्यक कार्य हैं आपके हृदय की दर, तापमान, ब्लड प्रेशर, ब्रेन वेव गतिविधि, साँस की दर और अन्य दैहिक पैमाने। चिकित्सा की दृष्टि से इनमें से प्रत्येक जीवन और मृत्यु की परिभाषा है। अगर आपमें इन अत्यावश्यक संकेतों में से कोई भी एक नहीं है, तो आप चिकित्सकीय दृष्टि से मृत हैं।

जानकारी मिलने के बाद आप स्वास्थ्य संबंधी अपनी कई आदतों को बदलने का निर्णय लेते हैं। शुरुआत में आप हर दिन तीस मिनट या हर सप्ताह लगभग 210 मिनट पैदल चलने का निर्णय लेते हैं, जो उत्कृष्ट शारीरिक स्वास्थ्य की न्यूनतम शर्त है, लेकिन जब आप अपना वज़न कम करने के लिए दिन में तीस मिनट पैदल चलते हैं, तो आपके हृदय की दर, आपके ब्लड प्रेशर और यहाँ तक कि आपकी ब्रेन वेव गतिविधि को क्या होता है?

जवाब यह है कि जब आप एक क्षेत्र में बेहतर बनते हैं, तो आप दूसरे क्षेत्रों में भी बेहतर बनने लगते हैं।

यही प्रबंधन के क्षेत्र में भी होता है। जब आप प्रबंधन के किसी एक महत्त्वपूर्ण कार्य में बेहतर बनते हैं, तो यह बेहतरी छलककर दूसरे क्षेत्रों को भी बेहतर बना देती है। यही वजह है कि जब आप प्रबंधन की किसी एक ख़ास योग्यता को बेहतर बनाने पर एकाग्रचित्त होते हैं और ध्यान केंद्रित करते हैं, तो आपकी सारी प्रबंधकीय योग्यताएँ बेहतर होने लगती हैं।

आप दरअसल एक बहुगुणक प्रभाव उत्पन्न करते हैं, जिससे आपकी योग्यता का स्तर और कंपनी में आपके योगदान का मूल्य बहुत बढ़ सकता है।

प्रबंधन के सात अत्यावश्यक कार्य

यदि आप प्रबंधक के रूप में अपना काम उत्कृष्ट तरीक़े से करना चाहते हैं, तो आपको प्रबंधन के सात क्षेत्रों में पर्याप्त स्तर पर प्रदर्शन करना चाहिए। यदि आप प्रबंधन के इन सात अत्यावश्यक कार्यों में से किसी एक में भी कमज़ोर हैं, तो आप एक्ज़ीक्यूटिव के रूप में असफल हो सकते हैं।

योजनाएँ बनाएँ

योजना बनाना प्रबंधक की महत्त्वपूर्ण योग्यता है और पहला अत्यावश्यक कार्य है। आप जो काम करना चाहते हैं या आपको जो काम कराना है, उसकी पहले से सावधानीपूर्वक योजना बनाने की आदत डालें। इससे आप बगैर योजना के काम करने वाले व्यक्ति से बहुत ज़्यादा हासिल कर लेंगे।

प्रबंधन में सफलता का नियम है 'क़ागज़ पर सोचना'। अपने उद्‌देश्यों को लिख लें। पूरी तरह से स्पष्ट कर लें कि आप कौन से लक्ष्य हासिल करना चाहते हैं। विस्तृत सूचियाँ बना लें कि उन लक्ष्यों तक पहुँचने के लिए आपको कौन से क़दम उठाने होंगे। समय के क्रम में उन गतिविधियों की जाँचसूचियाँ बना लें। अब आपके पास एक नुस्ख़ा या नक़्शा आ गया है, जिसका आप क़दम दर क़दम अनुसरण कर सकते हैं।

लोग लक्ष्यों और योजनाओं के बारे में जितने ज़्यादा स्पष्ट होते हैं, वे उतनी ही ज़्यादा तेज़ी से काम में जुट सकते हैं और उतने ही बेहतर तरीक़े से काम कर सकते हैं।

व्यवस्थित बनें

प्रबंधन का दूसरा अत्यावश्यक कार्य है व्यवस्थापन। एक बार जब आप योजना बना लें, तो आपको इसे हक़ीक़त में बदलने के लिए कर्मचारियों, पैसों, संसाधनों और सुविधाओं को एक साथ लाने की ज़रूरत होती है।

सर्वश्रेष्ठ एक्ज़ीक्यूटिव नियोजन और व्यवस्थापन में उत्कृष्ट होते हैं। इसके फलस्वरूप वे बेहद जटिल काम करने के लिए बहुत सारे लोगों को एक साथ जुटा सकते हैं और उनकी गतिविधियों का समन्वय कर सकते हैं।

1984 के लॉस एंजेलिस समर ओलम्पिक और 2002 के साल्ट लेक सिटी विंटर ओलम्पिक में ओलम्पिक समितियाँ दुविधा में थीं और दोनों शहरों को भारी वित्तीय घाटे की आशंका थी। इस आशंका को दूर करने

के लिए लॉस एंजेलिस ने बेसबॉल कमिश्नर पीटर यूबेरोथ को नियुक्त किया और साल्ट लेक सिटी ने मिट रॉमनी को नियुक्त किया, जो 2012 के राष्ट्रपति पद के रिपब्लिकन उम्मीदवार थे।

दोनों ही मामलों में ये बेहद प्रतिभाशाली एक्ज़ीक्यूटिव तुरंत काम में जुट गए। उन्होंने नियोजन, व्यवस्थापन और बड़े भौगोलिक क्षेत्रों में काम करने वाले लाखों लोगों के काम का समन्वय किया, जिसमें हज़ारों विवरण शामिल थे। इन दोनों ने ओलम्पिक खेलों को वित्तीय घाटे से बचा लिया। इन दो लोगों की नियोजन तथा व्यवस्थापन योग्यताओं की बदौलत ओलम्पिक खेल भारी घाटे के बजाय भारी मुनाफ़े का सौदा बन गए और प्रतिभागियों व दर्शकों के दृष्टिकोण से बेहद सफल रहे।

एक बार फिर दोहराना चाहूँगा, अच्छे व्यवस्थापन की कुंजी है 'क़ागज़ पर सोचना'। योजना पर अमल करने के लिए जो भी व्यक्ति अनिवार्य हो, उसके साथ चर्चा करें कि क्या करना है। काम शुरू करने से पहले आप नियोजन और व्यवस्थापन में जितना ज़्यादा समय लगाते हैं, आपकी सफलता की संभावना भी उतनी ही ज़्यादा रहती है।

सर्वश्रेष्ठ लोगों को खोजें

प्रबंधन का तीसरा अत्यावश्यक कार्य है स्टाफ़िंग या नियुक्तियाँ करना। आपने जो लक्ष्य तय किए हैं, उन्हें हासिल करने में मदद के लिए सही लोगों को चुनें। सही लोगों को चुनने की योग्यता मैनेजर के रूप में आपकी सफलता के लिए केंद्रीय है। कई मामलों में तो एक कमज़ोर या अक्षम व्यक्ति ही किसी मुख्य प्रोजेक्ट में पूरी टीम को असफल करा सकता है। वित्तीय अख़बारों में अक्सर वरिष्ठ मैनेजरों या अधिकारियों के बारे में ख़बरें छपती हैं, जिन्होंने ख़राब निर्णय लेकर बड़ी कंपनियों को दिवालिया कर दिया।

अपना सबसे ज़्यादा मूल्यवान योगदान देने के लिए आपको साक्षात्कार लेना चाहिए और उस पद के सर्वश्रेष्ठ दावेदारों को नियुक्त

करना चाहिए। इसके अलावा जो लोग आपके लक्ष्य हासिल करने में उत्कृष्ट काम नहीं कर रहे हों, उन्हें हटाना भी आवश्यक है।

काम सौंपना सीखें

चौथा अत्यावश्यक कार्य है काम सौंपना या डेलीगेशन। डेलीगेशन एक अनिवार्य योग्यता है, जिसे सीखे बिना काम नहीं चलेगा, क्योंकि यह आपको उत्पादकता को अधिकतम करने और अपने अधीनस्थों से सर्वश्रेष्ठ योगदान हासिल करने में सक्षम बनाती है।

निगरानी करें

प्रबंधन में पाँचवाँ अत्यावश्यक कार्य है सुपरविज़न। सुपरविज़न यानी निगरानी के लिए यह आवश्यक है कि कर्मचारियों को अच्छी तरह मालूम हो कि आप उनसे क्या कराना चाहते हैं और उनके प्रदर्शन का मापदंड क्या है, फिर आप उनकी नियमित जाँच करके यह सुनिश्चित करते हैं कि काम समय पर किया जा रहा है और तय मापदंडों के अनुरूप किया जा रहा है।

जब कर्मचारियों को यह पता होता है कि आप काम की इतनी परवाह करते हैं कि नियमित आधार पर प्रगति की जाँच करेंगे, तो इस बात की कहीं ज़्यादा संभावना रहती है कि वे उत्कृष्ट काम करेंगे और उसे समय पर पूरा करेंगे।

लोगों को जानकारी देते रहें

प्रबंधन का छठा अत्यावश्यक कार्य है रिपोर्टिंग। आप जब कुछ अच्छा कर लें या जब समस्याएँ व मुश्किलें आएँ, तो सबको अच्छी या बुरी वस्तुस्थिति से अवगत कराना अनिवार्य होता है।

अपने बॉस से स्पष्ट व निरंतर संप्रेषण सुनिश्चित करें। बॉस से नियमित रूप से मिलने की दिनचर्या बनाएँ, ताकि आप उन्हें पूरी जानकारी

दे सकें कि आप क्या कर रहे हैं और यह कैसा चल रहा है।

समकक्षों और सहकर्मियों से संवाद भी अनिवार्य है, जिन पर आपका कोई नियंत्रण तो नहीं है, लेकिन जिन्हें आपके काम की जानकारी होनी चाहिए, ताकि वे अपने काम नियत उत्कृष्ट मापदंडों के अनुरूप कर सकें।

अपने स्टाफ़ के साथ खुले दरवाज़े के प्रबंधन का अभ्यास करें। क्या हो रहा है, इस बारे में अपने स्टाफ़ को हर चीज़ बता दें : अच्छी, बुरी या बेकार। 'ग्रेट प्लेस टु वर्क' साक्षात्कारों और हर वर्ष होने वाले अध्ययनों के अनुसार किसी कंपनी के ख़ुश कर्मचारी यह कहते हैं कि उन्हें हमेशा उनके काम और कंपनी को प्रभावित करने वाली चीज़ों के बारे में 'जानकारी' रहती है।

स्पष्ट मापदंड तय करें

प्रबंधन का सातवाँ अत्यावश्यक कार्य है मापना। जैसा कि पहले ज़िक्र किया जा चुका है, आपको जो काम कराना है, उसके बारे में स्पष्ट मापदंड बनाएँ, ताकि सभी कर्मचारियों को पूरी तरह से पता हो कि उनके प्रदर्शन का मूल्यांकन कैसे होगा।

आपने यह कहावत सुनी होगी, "जिस चीज़ को मापा नहीं जा सकता, उसका प्रबंधन भी नहीं किया जा सकता।" ख़ुद को और अपने स्टाफ़ को हर गतिविधि पर एक संख्या तय करने के लिए विवश करें। अच्छी ख़बर यह है कि सभी कारोबारी गतिविधियाँ मापी जा सकती हैं, आमतौर पर वित्तीय संख्याओं से। अगर वे वित्तीय संख्याओं से नहीं मापी जा सकतीं, तो वे किसी दूसरी संख्या से मापी जा सकती हैं। आपका काम यह है कि आप किसी ख़ास क्षेत्र में प्रदर्शन के लिए सही संख्या वाले मापदंड चुनने में कर्मचारियों की मदद करें, फिर कर्मचारियों को उस संख्या की बराबरी करने या उसके पार जाने पर ध्यान केंद्रित करने के लिए प्रेरित करें।

इसलिए आज ही प्रबंधन के अत्यावश्यक कार्यों - नियोजन, व्यवस्थापन, नियुक्तियाँ करने, काम सौंपने, निगरानी करने, रिपोर्टिंग और मापन - में बेहतर बनने का संकल्प लें। हर क्षेत्र में निरंतर और कभी ना ख़त्म होने वाली बेहतरी के प्रति समर्पित हो जाएँ।

6

उद्देश्यों के आधार पर प्रबंधन

उद्देश्यों के आधार पर प्रबंधन एक अत्यावश्यक साधन है, जिसका सही स्थिति में सही लोगों के साथ इस्तेमाल करने पर आपका आउटपुट चमत्कारी ढंग से बढ़ सकता है और आपके अधीनस्थों का बहुत ज़्यादा विकास हो सकता है। ज़्यादातर मैनेजर एमबीओ (उद्देश्यों के आधार पर प्रबंधन) का इस्तेमाल नहीं करते हैं। अगर करते भी हैं, तो इसका ग़लत या अनुचित इस्तेमाल करते हैं।

एमबीओ उन सक्षम कर्मचारियों के लिए इस्तेमाल किया जाता है, जिन्होंने गुणवत्ता के स्वीकृत पैमाने पर काम करने की अपनी योग्यता साबित कर दी है। जैसे ही आपके पास कोई काम आता है, आप ऐसे उस व्यक्ति को बुलाते हैं, जिसके बारे में आपको महसूस होता है कि वह उस काम को उत्कृष्ट अंदाज़ में कर सकता है। यह काम कोई भी हो सकता है, जैसे बिक्री का निश्चित स्तर हासिल करना, किसी प्रोजेक्ट को शुरू और पूरा करना या किसी पूरे विभाग या प्रभाग का काया-कल्प करना। आपका लक्ष्य पूरा काम एक ही व्यक्ति को सौंपना है, जिसने पहले उस तरह के काम को करने की योग्यता प्रदर्शित की हो।

याद रखें, काम को सफलतापूर्वक पूरा करना व्यवसाय में तेज़ मार्ग पर पहुँचने की कुंजी है। योजना बनाने, व्यवस्थापन करने और किसी काम या प्रोजेक्ट को प्रदर्शन के स्वीकृत पैमाने पर करने की योग्यता वह सबसे महत्त्वपूर्ण योग्यता है, जिसे आप अपने व्यावसायिक जीवन में विकसित कर सकते हैं।

स्पष्टता आपकी मित्र है

एमबीओ के मामले में स्पष्टता आपकी सबसे अच्छी मित्र है। जब आप एक बार यह तय कर लें कि आप किसे काम सौंपेंगे, तो उसके साथ विचार-विमर्श करके तय करें कि सटीकता से क्या हासिल करना है और इसे मापने के मापदंड क्या हैं। इसमें दोनों तरफ़ से अच्छे विचार-विमर्श की ज़रूरत होती है, जब तक आप दोनों ही पूर्ण काम की परिभाषा और इसे मापने के मापदंडों के बारे में सहमत ना हो जाएँ।

कुछ साल पहले मेरे बॉस ने मुझे एक काम सौंपा। होम ऑफ़िस से लगभग 300 मील दूर एक छोटे कस्बे के किनारे पर एक रियल एस्टेट डेवलपमेंट प्रोजेक्ट शुरू होने वाला था और उन्होंने मुझे इसका प्रभारी बना दिया। मैं भूखा और महत्वाकांक्षी था, इसलिए मैंने तुरंत उस काम को स्वीकार कर लिया।

अगले ही दिन मैं हवाई जहाज़ से नज़दीकी बड़े शहर पहुँच गया। इसके बाद मैंने कार से उस कस्बे तक पहुँचकर उस जायदाद का मुआयना किया, जो मेरी कंपनी ने ख़रीदी थी। इसका तब तक कोई मूल्य नहीं था, जब तक कि इसे विकसित ना किया जाए और प्लॉट काटकर ना बेचे जाएँ। मैं इस काम का प्रभारी था, हालाँकि मैंने ऐसा काम पहले कभी नहीं किया था।

मेरे बॉस कुशल व्यवसायी थे और उन्होंने यह जायदाद एक रियल एस्टेट एजेंट के प्लॉट मैप से ख़रीदी थी। वे उस शहर में कभी नहीं गए थे और उस जायदाद को कभी नहीं देखा था, लेकिन उन्होंने मुझे इसे एक

व्यावहारिक वित्तीय निवेश में बदलने का काम सौंप दिया।

मैं एक उत्सुक विद्यार्थी था। मैंने प्रत्येक से प्रश्न पूछे, नोट्स लिए, फिर नोट्स की समीक्षा की। मैंने विशेषज्ञ इंजीनियरों को नियुक्त किया, जिन्होंने मुझे अच्छी सलाह दी और दूसरे क्षेत्रों के विशेषज्ञों से मेरा परिचय कराया। इसके फलस्वरूप अठारह महीनों में ही मैं उस जायदाद की विकास योजना तैयार करने में कामयाब हो गया। इसे इस तरह विभाजित किया गया, ताकि वहाँ 335 मकानों के लिए प्लॉट और सड़कें बनें, साथ ही एक औद्योगिक पार्क और रिटेल शॉपिंग सेंटर भी बन जाए।

मैंने नगर सभा से इन योजनाओं को स्वीकृत कराया, सारी भूमिगत सुविधाओं और सड़क बनाने का काम एक इंजीनियरिंग फ़र्म को ठेके पर दे दिया और इसके बाद वह सारी ज़मीन डेवलपर्स को बेच दी, जिन्होंने बाद में मकान, औद्योगिक पार्क व रिटेल शॉपिंग सेंटर बनाया।

एक स्पष्ट लक्ष्य के साथ प्रबंधन करें

मैंने इस अनुभव से बहुत कुछ सीखा और अपनी कंपनी को 3 मिलियन डॉलर से ज़्यादा का मुनाफ़ा कराया, लेकिन इस कहानी का सबसे रोचक हिस्सा यह है कि मेरे बॉस ने उस जायदाद को कभी देखा तक नहीं। उन्होंने इस प्रोजेक्ट को सफलतापूर्वक पूरा करने के लिए आवश्यक सभी सैकड़ों विवरणों की 100 प्रतिशत ज़िम्मेदारी मुझे सौंप दी। वे उद्देश्यों के आधार पर प्रबंधन की नीति के इस्तेमाल में माहिर थे।

सबसे पहले आप मिलकर यह तय करते हैं कि काम पूरा होने पर कैसा दिखेगा, फिर आप प्रदर्शन के मापदंडों और पैमानों को तय करते हैं। काम की समयसारणी और समयसीमा भी आप मिलकर तय करते हैं। सटीक विवरणों पर बातचीत की जा सकती है, सौदेबाज़ी की जा सकती है और नई जानकारी मिलने पर इन्हें बाद में बदला भी जा सकता है।

उपलब्ध रहें

उद्देश्यों के आधार पर प्रबंधन का अगला हिस्सा यह है कि जिस व्यक्ति को काम सौंपा गया है, आप उसके लिए उपलब्ध रहें। यह स्पष्ट कर दें कि वह व्यक्ति सौंपे गए काम के लिए पूरी तरह से ज़िम्मेदार है, लेकिन अगर उसे किसी सहायता या सहयोग की ज़रूरत है, तो आप हमेशा उपलब्ध हैं।

उस व्यक्ति को काम करने के लिए स्वतंत्र छोड़ दें। एक बार जब आप दोनों प्रोजेक्ट के अंतिम परिणाम या लक्ष्य के बारे में सहमत हो जाएँ, तो उसे उसके ख़ुद के विचारों, तरीक़ों और तकनीकों का इस्तेमाल करके लक्ष्य हासिल करने दें। भले ही आपको लगता हो कि आप इसे अलग तरीक़े से करते या कर सकते हैं, लेकिन लोगों को प्रोजेक्ट की 'ज़मीनी स्थिति' से निपटने के सृजनात्मक तरीक़े खोजने में यथासंभव अधिकतम स्वतंत्रता दें। आप विचार और सलाह तो दे सकते हैं, लेकिन आपने जिन लोगों को काम सौंपा है, उन्हें ही यह अंतिम निर्णय लेने दें कि उस काम को कैसे करना है।

अंत में, प्रोजेक्ट की समीक्षा का समय तय करें - सप्ताह में एक बार, पंद्रह दिन में एक बार या महीने में एक बार भी। आपका सौंपा गया काम जितना ज़्यादा महत्त्वपूर्ण है, इसकी नियमित जाँच करना भी उतना ही ज़्यादा महत्त्वपूर्ण है कि यह समयसीमा में और बजट के भीतर हो रहा है।

अपने इनपुट को बहुगुणित करें

उद्देश्यों के आधार पर प्रबंधन आपके आउटपुट को बहुगुणित करने का एक प्रभावी तरीक़ा है, क्योंकि इसमें आप अत्यंत महत्त्वपूर्ण काम और ज़िम्मेदारियाँ अनुभवी स्टाफ़ को सौंप देते हैं। किसी प्रोजेक्ट की पूरी ज़िम्मेदारी सौंपना कर्मचारियों की क्षमता और आत्मविश्वास को बढ़ाने वाला एक शक्तिशाली साधन भी है। सभी सफल एक्ज़ीक्यूटिव उद्देश्यों के आधार पर प्रबंधन की नीति में माहिर होते हैं, क्योंकि इसकी बदौलत वे औसत मैनेजरों के मुक़ाबले बहुत ज़्यादा हासिल कर सकते हैं।

7

अपवाद के आधार पर प्रबंधन

अपवाद के आधार पर प्रबंधन एक उत्कृष्ट साधन है, जिससे समय बचता है और कर्मचारियों का विकास भी होता है। यह इस तरह होता है : एक बार जब आप कोई असाइनमेंट सौंप दें और इसे स्पष्ट, मापने योग्य और समयबद्ध कर दें, तो उस व्यक्ति से कहें, "मेरे पास तभी आएँ, जब हमारी योजना से भिन्न कुछ हो।" जब अपवाद के आधार पर प्रबंधन का इस्तेमाल किया जाता है, तो "कोई ख़बर ना मिलना अच्छी ख़बर होती है।" अगर कर्मचारी आपको कुछ ना बताए, तो आप सुरक्षित रूप से यह मान सकते हैं कि सब कुछ सही हो रहा है और काम समयसीमा के हिसाब से चल रहा है।

आप अपवाद के आधार पर प्रबंधन का इस्तेमाल दूसरे क्षेत्रों में भी कर सकते हैं। जब कोई व्यक्ति फ़ोन पर मुझे निश्चित समय का अपॉइंटमेंट देने से कतराता है, तो मैं कहता हूँ, "आइए अपवाद के आधार पर प्रबंधन करते हैं। हम गुरुवार दोपहर को तीन बजे का समय तय करते हैं, जब हम मिलकर बात करेंगे। अगर इस दौरान कोई स्थिति उत्पन्न हो जाती है और यह समय आपके लिए उपयुक्त नहीं होता है, तो आप मुझे फ़ोन कर दें। तब हम कोई ज़्यादा आरामदेह समय चुन

सकते हैं, लेकिन अगर आप मुझे फ़ोन नहीं करते हैं, तो मैं यह मानकर चल रहा हूँ कि हम गुरुवार दोपहर तीन बजे बात करेंगे/मिलेंगे।"

इस नीति से लोगों को अधिकतम स्वतंत्रता मिलती है। इससे आपको 'टेलीफ़ोन पर लुका-छिपी खेलने' या सामने वाले को बार-बार फ़ोन करने की ज़रूरत नहीं होती। इससे सामने वाले की काम करने की योग्यता में उच्च-स्तरीय विश्वास का संकेत भी मिलता है।

स्वतंत्रता और ज़िम्मेदारी

व्यवसाय में स्वतंत्रता और ज़िम्मेदारी दो सर्वश्रेष्ठ प्रेरणाएँ होती हैं। कर्मचारी अपने काम करने और उन्हें पूरा करने में अधिकतम स्वतंत्रता का आनंद लेना चाहते हैं। साथ ही कामों को सफलतापूर्वक पूरा करने की ज़िम्मेदारी देने से कर्मचारियों का आत्म-गौरव और आत्मविश्वास बढ़ता है। ये दोनों साथ-साथ चलते हैं।

आपके जितने कर्मचारी आपकी सीधी निगरानी और संलग्नता के बिना काम पूरा कर सकते हैं, मैनेजर के रूप में आपकी प्रभावकारिता उतने ही गुना होती है। हमेशा उद्देश्यों के आधार पर प्रबंधन की नीति या अपवाद के आधार पर प्रबंधन की नीति का इस्तेमाल करें या दोनों का एक साथ इस्तेमाल करने की तलाश करें, ताकि काम में आपकी संलग्नता की ज़रूरत ना रहे।

आपके सीधे प्रयास या संलग्नता के बिना दूसरे लोग जितना ज़्यादा काम कर सकते हैं, आप उतने ही ज़्यादा काम करा सकते हैं। साथ ही आपके पास उन कामों को करने के लिए उतना ही ज़्यादा समय होगा, जिन्हें सिर्फ़ आप कर सकते हैं और जो आपके पद पर आपकी सफलता के लिए अनिवार्य हैं।

8

प्रभावी ढंग से काम सौंपें

दूसरों को अच्छी तरह काम सौंपने की योग्यता प्रबंधन का एक अत्यावश्यक कार्य है (जैसा अध्याय 5 में बताया है)। यह एक्ज़ीक्यूटिव के रूप में सफल होने की आपकी योग्यता का अति महत्त्वपूर्ण पैमाना भी है। काम सौंपना कला भी है और विज्ञान भी। इस अनिवार्य योग्यता से आपको यह सुविधा मिल जाती है कि आप काम ख़ुद करने के बजाय उसे दूसरों से कराने में प्रबंधन करें या नियंत्रित करें। सही तरीक़े से काम सौंपने से आप दूसरे लोगों की पूरी क्षमता को उजागर करते हैं और व्यवसाय में अपने प्रभाव को कई गुना बढ़ा सकते हैं।

डेलीगेशन या काम सौंपने का शुरुआती बिंदु यह है कि आप पूरी तरह से स्पष्ट हो जाएँ कि कौन सा काम करने की ज़रूरत है? काम दरअसल है क्या? इसे कैसे मापा जाएगा? काम को कब तक पूरा करना है? इस काम को असाधारण अंदाज़ में करने के लिए व्यक्ति में कितनी योग्यता या सक्षमता होनी चाहिए?

सही व्यक्ति को चुनें

डेलीगेशन का एक अहम हिस्सा किसी ख़ास काम को सौंपने के लिए सही व्यक्ति को चुनना है। आपको कर्मचारी की योग्यताओं और काम की आवश्यकताओं में सावधानीपूर्वक मेल करना होता है। क्या यह व्यक्ति इस काम को कर सकता है? क्या इस व्यक्ति में आवश्यक योग्यताएँ और अनुभव है, जिनकी बदौलत वह इस काम को असाधारण अंदाज़ में सकता है?

यह निर्णय काफ़ी हद तक आपके विवेक, अनुभव और विचारशीलता पर निर्भर करता है। डेलीगेशन में मैनेजर एक बहुत बड़ी ग़लती यह करते हैं कि वे कोई काम किसी ऐसे व्यक्ति को सौंप देते हैं, जिसके पास इसे पूरा करने के लिए आवश्यक योग्यताएँ, आत्मविश्वास, योग्यता या प्रेरणा नहीं होती है।

यानी आप किसे चुनते हैं, उससे काफ़ी हद तक अंतिम परिणाम की गुणवत्ता तय होगी। इसी से यह भी तय होगा कि काम सफलतापूर्वक होता है या नहीं।

स्पष्ट कर दें कि आप कौन से परिणाम चाहते हैं

काम सौंपते वक़्त बताएँ कि आप कौन से परिणाम चाहते हैं और यह भी बता दें कि आप वे परिणाम क्यों चाहते हैं। काम सौंपते समय 'क्यों' अक्सर 'कैसे' से ज़्यादा महत्त्वपूर्ण होता है। अगर लोग जानते हैं कि आप इसे इस तरह से क्यों कराना चाहते हैं और काम क्यों महत्त्वपूर्ण है, तो वे उस काम को पूरा करने संबंधी निर्णय ज़्यादा आसानी से ले सकते हैं। इस स्थिति में अधीनस्थ आपके मनचाहे परिणाम हासिल करने में ज़्यादा सृजनात्मक और नवाचारी होता है।

ग़लतफ़हमियों से बचें

जब आप मौखिक रूप से कोई काम सौंपते हैं और उसे लिखा नहीं जाता है, तो ग़लतफ़हमियों की काफ़ी ज़्यादा गुंजाइश रहती है। जब तक कर्मचारी अपने ऑफ़िस या डेस्क तक पहुँचता है, वह काफ़ी कुछ भूल जाता है कि आपने उससे ठीक-ठीक क्या करने को कहा है, कब तक करने को कहा है और प्रदर्शन के मापदंड क्या हैं। कर्मचारियों से कहें कि वे उस असाइनमेंट को लिख लें और उसे पढ़कर आपको बताएँ।

जब उस काम के बारे में दोतरफ़ा विचार-विमर्श हो जाए और कर्मचारी आपको पढ़कर बता दे कि आपने उससे क्या करने को कहा है और आप दोनों ही असाइनमेंट के बारे में स्पष्ट हो जाएँ, तो आप वह काम पूरा करने की 100 प्रतिशत ज़िम्मेदारी उस व्यक्ति को सौंप दें।

पूरा काम सौंपें

महत्त्वपूर्ण बात यह है कि काम का कोई हिस्सा सौंपने के बजाय किसी एक व्यक्ति को पूरा काम सौंपना चाहिए। वह काम उस व्यक्ति की ज़िम्मेदारी है और इसे पूरा करने के लिए आवश्यक हर चीज़ उसके नियंत्रण में होनी चाहिए। आपने जो काम सौंपा है, उसे करने के लिए कर्मचारी को आपके अलावा किसी दूसरे व्यक्ति का सहयोग या समर्थन लेने की ज़रूरत नहीं होनी चाहिए।

लोग पूरे कामों की ज़िम्मेदारी को ज़्यादा पसंद करते हैं। जब आप लोगों को कोई काम 100 प्रतिशत करने को देते हैं और उन्हें 100 प्रतिशत ज़िम्मेदार बनाते हैं, तो वे उस काम को समय पर पूरा करने के लिए बहुत ज़्यादा प्रेरित होंगे।

हस्तक्षेप ना करें या काम को वापस ना लें

कर्मचारी के कंधे के पीछे से झाँकने के प्रलोभन से बचें। काम को ज़्यादा अच्छी तरह कैसे करना है, इस बारे में लगातार सुझाव और टिप्पणियाँ

देने के प्रलोभन से बचें। हस्तक्षेप करने के प्रलोभन से बचें। जब आप अपने कर्मचारियों को काम देते हैं, तो आप तय मापदंडों पर काम करने की उनकी योग्यता में पूरा विश्वास जताते हैं।

काम को वापस भी ना लें। अगर आपका कर्मचारी आपसे कहता है कि आपने उसे जो काम सौंपा है, उसे करने के लिए आप उसकी तरफ़ से एक फ़ोन कर दें या थोड़ी जानकारी मँगा दें या कोई दूसरा काम कर दें, तो वह उस काम को आपको सौंप रहा है। अब जब तक आप उसका बताया काम ना कर दें, तब तक आपके कर्मचारी को कुछ भी करने की ज़रूरत नहीं है। वह अपने ऑफ़िस में जाकर अपने कंप्यूटर पर खेल सकता है, जब तक कि आप वह काम ना कर दें, जिसका आपने वादा किया है। ऐसा ना होने दें।

नियमित रूप से प्रगति की समीक्षा करें

अंत में प्रगति की समीक्षा करने के लिए नियमित बैठकों की सारणी बनाएँ। नियमित बैठकों में ही आपको वस्तुस्थिति की जानकारी हासिल करने का मौक़ा मिलता है। जिस तरह डॉक्टर अपने मरीज़ों की नब्ज़ देखता है, उसी तरह आप 'कैसा चल रहा है?' प्रश्न पूछकर नियमित रूप से काम की नब्ज़ देखते हैं।

नियमित समीक्षा बैठकें तय करने का एक बड़ा कारण यह फ़ीडबैक लेना है कि लोग अपने असाइनमेंट में कितना अच्छा काम कर रहे हैं और वह काम किसी ख़ास व्यक्ति के लिए कितना उचित है। कई बार आप ग़लती से किसी को ऐसा काम सौंप सकते हैं, जो उसकी क्षमता से परे हो। कर्मचारी उस काम को करना तो चाहता है, लेकिन उसे सटीकता से पता नहीं होता कि क्या करना है।

अगर आप पाते हैं कि आपने जो काम सौंपा है, वह आपके कर्मचारियों के लिए बहुत ज़्यादा है या उन्हें इसमें बहुत मुश्किल आ रही है, तो शायद आपको काम को दोबारा तय करना चाहिए और इसे ज़्यादा

छोटे टुकड़ों में बाँट देना चाहिए, या आप किसी कर्मचारी को अतिरिक्त जानकारी या संसाधन दे सकते हैं, या फिर वह व्यक्ति काम के जिस हिस्से को अकेले करने में सक्षम नहीं है, आप उसे पूरा करने की ज़िम्मेदारी किसी दूसरे को सौंप सकते हैं। हो सकता है कि किसी ख़ास काम में कई योग्यताओं की ज़रूरत हो। आपने जिस व्यक्ति को काम सौंपा है, उसमें कई आवश्यक योग्यताएँ तो होती हैं, लेकिन एक अहम योग्यता का अभाव होता है। इस तरह के मामले में आप उस ख़ास क्षेत्र की ज़िम्मेदारी किसी दूसरे को सौंप सकते हैं, जो उस क्षेत्र में ज़्यादा सक्षम है।

9

शिखर प्रदर्शन करने वाले बनाएँ

अपनी कंपनी के लिए शिखर प्रदर्शन करने वाले लोगों की टीम बनाना मैनेजर के रूप में आपकी बुनियादी ज़िम्मेदारी है। जो लोग सकारात्मक, प्रेरित और अपने काम में पूरी तरह संलग्न होते हैं, वे स्टाफ़ के आम सदस्य से बहुत ज़्यादा उत्पादक होते हैं। वे ज़्यादा काम करते हैं, ज़्यादा गुणवत्तापूर्ण काम करते हैं और अपने हर काम में ज़्यादा सृजनात्मक और नवाचारी होते हैं।

उच्च प्रदर्शन करने वाली कंपनियाँ वही हैं, जिनमें कर्मचारी अपने बारे में ज़बर्दस्त महसूस करते हैं और उनके वरिष्ठ अधिकारियों के साथ सुखद संबंध होते हैं। जो कर्मचारी अपने काम में ख़ुश होते हैं और अपने बारे में अच्छा महसूस करते हैं, वे बाक़ी लोगों से कहीं ज़्यादा और बेहतर काम करते हैं।

उच्च आत्म-गौरव शिखर प्रदर्शन की बुनियाद है। उच्च आत्म-गौरव की परिभाषा है, "आप ख़ुद को कितना ज़्यादा पसंद करते हैं?" व्यक्ति ख़ुद को जितना ज़्यादा पसंद करता है और अपना जितना ज़्यादा सम्मान

करता है, वह उतना ही बेहतर प्रदर्शन करता है, दूसरे लोगों के साथ उतनी ही अच्छी तरह काम करता है और उसमें उतना ही ज़्यादा आत्मविश्वास व सक्षमता होती है।

व्यक्ति की क्षमता का ताला खोलें

मनोवैज्ञानिकों के अनुसार सात मुख्य प्रबंधकीय व्यवहार या स्थितियाँ हैं, जिनकी मदद से आप अपने अधीनस्थ लोगों को प्रेरित कर सकते हैं, जिससे उनका आत्म-गौरव और उनका प्रदर्शन दोनों ही बढ़ जाएँगे।

उन्हें चुनौती दें

पहली प्रेरणा है चुनौती। ऑफ़िस में लोगों की सबसे बड़ी इच्छा ऐसे काम की होती है, जो रोचक हो, अर्थपूर्ण हो और जिसमें उनकी सर्वश्रेष्ठ योग्यताओं का इस्तेमाल हो। लोग अपने काम में चुनौती महसूस करना चाहते हैं। वे पूरी तरह संलग्न होना चाहते हैं।

इस आवश्यकता को संतुष्ट करने के लिए अपने कर्मचारियों को ऐसे काम दें, जो उनकी क्षमताओं से थोड़े आगे के हों, ताकि अच्छी तरह काम करने के लिए उन्हें थोड़े ज़्यादा समय और मेहनत का निवेश करना पड़े, ताकि उन्हें थोड़ी अतिरिक्त कोशिश करनी पड़े। जब लोग ख़ुद को बेहतर बनाने और अपनी कार्यशैली को उत्कृष्ट बनाने के लिए थोड़ा अतिरिक्त प्रयास करते हैं, तभी वे पूरी तरह जीवंत और विजेता जैसे महसूस करते हैं।

उन्हें स्वतंत्रता दें

दूसरी प्रेरणा है स्वतंत्रता (जैसा अध्याय 7 में बताया गया है)। लोग अपने काम में अधिकतम स्वतंत्रता से आनंदित होते हैं। तय लक्ष्य हासिल करने के लिए हर व्यक्ति को यथासंभव अधिकतम स्वतंत्रता दें। लोगों को स्वतंत्रता देने की कुंजी यह है कि उद्‌देश्यों के आधार पर प्रबंधन और

अपवाद के आधार पर प्रबंधन की नीतियों के इस्तेमाल में आप कितने कुशल हैं और आपमें अच्छी तरह काम सौंपने की कितनी योग्यता है।

उन्हें सम्मान दें

शिखर प्रदर्शन करने वाली टीम बनाने की तीसरी प्रेरणा है सम्मान। लोगों के मन में दूसरे लोगों का सम्मान पाने की लालसा होती है, जिनकी राय को वे मूल्यवान या महत्त्वपूर्ण मानते हैं, ख़ासतौर पर उनके बॉस। कर्मचारी अपने बॉस के सामने अपने विचार, भावनाएँ और चिंताएँ व्यक्त करने की स्वतंत्रता चाहता है - और उसे यह महसूस करने की ज़रूरत होती है कि बॉस उसके विचारों का सचमुच सम्मान करता है, भले ही बॉस उसकी बात माने या ना माने, उससे सहमत हो या ना हो। आपके कर्मचारी जितना ज़्यादा महसूस करते हैं कि आप उनका सम्मान करते हैं, वे आपका भी उतना ही ज़्यादा सम्मान करेंगे और आपके लिए बेहतरीन काम करना चाहेंगे।

मित्रता घटक

कामकाजी संसार में चौथी प्रेरणा है सौहार्द। 'मित्रता घटक' आज के कार्यस्थल के सबसे महत्त्वपूर्ण तत्वों में से एक बन चुका है।

लोग उन लोगों के लिए काम करना चाहते हैं, जो इंसान के रूप में उनकी परवाह करते हैं। जब आप लोगों से राय या निर्णय माँगते हैं, तो आप सौहार्द व्यक्त कर रहे हैं। आप अपने स्टाफ़ के सदस्यों के प्रति सौहार्द जताते हैं, जब आप उनसे कामकाज के अलावा दूसरे मुद्दों पर प्रश्न पूछते हैं, जैसे खेल और शौक। आप उनसे उनके परिवार, उनके व्यक्तिगत जीवन तथा गतिविधियों और उनके बच्चों आदि के बारे में पूछ सकते हैं। जब भी आप इन विषयों में सच्ची रुचि व्यक्त करते हैं, तो आप यह भी व्यक्त करते हैं कि आप सामने वाले को सिर्फ़ अपनी कंपनी का कर्मचारी ही नहीं मानते हैं, बल्कि इंसान के रूप में उसकी परवाह भी करते हैं।

संपर्क में रहें

पाँचवीं प्रेरणा है नियंत्रण। किसी को कोई काम सौंपने और फिर उसके बारे में भूल जाने से उस व्यक्ति का मनोबल बहुत कम हो जाता है। दूसरी ओर, काम सौंपने के बाद नियमित समीक्षा करने से मनोबल बढ़ता है। आप किसी सौंपे गए काम के मामले में कर्मचारी के प्रदर्शन की जितनी ज़्यादा जाँच-पड़ताल या समीक्षा करते हैं, उसे वह काम उतना ही ज़्यादा महत्त्वपूर्ण लगता है - और इसलिए वह ख़ुद को भी महत्त्वपूर्ण समझता है।

'ग़ैर-आलोचनात्मक प्रदर्शन समीक्षाओं' की कड़ियाँ तय करें। ऐसे प्रश्न पूछें, "यह कैसा चल रहा है?" पूछें कि क्या आप किसी तरह से मदद कर सकते हैं या उसे काम पूरा करने के लिए संसाधनों की ज़रूरत है। इस तरह कर्मचारी समझ जाएगा कि आप काम को महत्त्वपूर्ण मानते हैं और आप काम तथा उसे करने वाले व्यक्ति दोनों की परवाह करते हैं।

उन्हें जीतने दें

छठी प्रेरणा है सफलता के अनुभव प्रदान करना। जब भी आप कोई काम सौंपते हैं, जिसे आपके कर्मचारी अच्छी तरह कर सकते हैं, तो काम पूरा होने पर उन्हें सफलता का अनुभव होता है और वे विजेता जैसा महसूस करते हैं। जब कर्मचारी ख़ुद को विजेता महसूस करते हैं, तो इससे उनका आत्म-गौरव बढ़ता है, उनका सकल प्रदर्शन बेहतर बनता है और वे कंपनी के प्रति ज़्यादा मूल्यवान योगदान देते हैं।

सर्वश्रेष्ठ की अपेक्षा करें

सातवीं प्रेरणा है सकारात्मक अपेक्षाएँ। यह दूसरों के आत्म-गौरव और आत्मविश्वास को बढ़ाने वाले सबसे शक्तिशाली साधनों में से एक है। जब आप अपने स्टाफ़ के सदस्यों में विश्वास जताते हैं, तो वे आम तौर पर आपके विश्वास को सही साबित करने के लिए हर संभव कोशिश करेंगे।

अपने स्टाफ़ के सदस्यों को लगातार बताएँ कि आपको उत्कृष्ट काम करने की उनकी योग्यता पर पूरा भरोसा है।

कुछ साल पहले मैं ऑटोमोबाइल आयात और वितरण का एक बड़ा व्यवसाय खड़ा कर रहा था। मैंने एक युवक को पार्ट्स विभाग सँभालने के लिए चुना। मैंने उसे इस कारण नियुक्त किया, क्योंकि वह पहले भी ऐसी ही एक कंपनी में काम कर चुका था और उसके पास आवश्यक अनुभव था। दुर्भाग्य से बॉस से झगड़ा होने के कारण उसे बेइज़्ज़त करके नौकरी से निकाल दिया गया था। इस अनुभव से उसका आत्मविश्वास डगमगा गया। वह शर्मीला और असुरक्षित बन गया। वह लगातार अपनी योग्यता को कम आँकता रहा। उसने मुझे यह विश्वास दिलाने की भी कोशिश की कि उसका अनुभव सीमित है। उसने मुझे यह भी याद दिलाया, "जैसा आप जानते हैं, मुझे पिछली नौकरी से निकाल दिया गया था।"

बहरहाल, मैं भी टूटे हुए रिकॉर्ड की तरह उसे लगातार बताता रहा कि वह कितना योग्य है। मैंने उसे बार-बार बताया कि मुझे विश्वास है कि उसमें बेहद उत्कृष्ट पार्ट्स मैनेजर बनने की योग्यता है। और मैंने उस कंपनी में जितने भी लोगों को नियुक्त किया था, उनमें अंततः उसी का प्रदर्शन सबसे अच्छा रहा।

स्पष्ट बता दें कि आपको अपने कर्मचारियों पर विश्वास है। उन्हें बता दें कि आपको उन पर भरोसा है। अगर आपको संशय हो, तब भी थोड़ा नाटक कर दें। अगर आप दूसरे लोगों से सकारात्मक अपेक्षाएँ करते हैं, तो आप शायद ही कभी निराश होंगे।

10

प्रबंधकीय लीवरेज हासिल करें

मैनेजर के रूप में आपका एक लक्ष्य आपके इनपुट के अनुपात में आउटपुट की गुणवत्ता और मात्रा को बढ़ाना होती है। आप कई तरीक़ों से मैनेजर के रूप में अपनी उत्पादकता को बढ़ा सकते हैं या कई गुना भी कर सकते हैं।

सबसे पहली बात, ज़्यादा कड़ी मेहनत करें। जब आप ऑफ़िस में प्रवेश करें, तो संकल्प लें कि "आप जितने समय वहाँ रहेंगे, सारे समय काम करेंगे।" समय बर्बाद ना करें। सहकर्मियों से गपशप ना करें। कॉफ़ी ना पिएँ। इंटरनेट पर सर्फ़िंग ना करें या अख़बार ना पढ़ें। इसके बजाय सारे समय काम करें।

दुर्भाग्यपूर्ण सत्य यह है कि ज़्यादातर कर्मचारी आलसी होते हैं। यह कहने-सुनने में अच्छा नहीं लगता, लेकिन हर कोई यह जानता है। ज़्यादातर कर्मचारी अपने हर काम में न्यूनतम प्रतिरोध का मार्ग चुनते हैं और दिनभर में कम से कम काम करने की कोशिश करते हैं। वास्तव में तथाकथित 'कामकाजी समय' का 50 प्रतिशत हिस्सा सहकर्मियों से बातचीत करने, वेब पर सर्फ़िंग करने, अख़बार पढ़ने, व्यक्तिगत काम करने, शॉपिंग करने और देर से आने और जल्दी जाने में बीत

जाता है। ज़्यादातर कर्मचारी आलसी होते हैं और बहुत उत्पादक नहीं होते हैं।

"आप जितने समय काम करें, सारे समय काम करने" की आदत डाल लें। इसी आदत से आप अपने सहकर्मियों से अलग पहचान बना सकते हैं। ज़्यादा कड़ी मेहनत करें, और उससे भी थोड़ी ज़्यादा कड़ी मेहनत करते रहें। अपनी कंपनी के सबसे मेहनती व्यक्ति की छवि बनाएँ। कड़ी मेहनत करने वाले कर्मचारी की प्रतिष्ठा से आप अपने वरिष्ठ अधिकारियों की निगाह में आएँगे। यह छवि आपको जितने विश्वसनीय तरीक़े से तेज़ मार्ग पर पहुँचाएगी, उतना कोई दूसरी चीज़ नहीं पहुँचाएगी।

गति पकड़ लें

दो, ज़्यादा तेज़ काम करें। गति पकड़ लें। अपने काम में तीव्रता की लय विकसित करें। ज़्यादा जल्दी चलें, मानो आपको बहुत कम समय में बहुत कुछ करना हो।

ज़्यादा कड़ी मेहनत करना और ज़्यादा तेज़ी से काम करना ऐसी आदतें हैं, जो अभ्यास और दोहराव से डाली जा सकती हैं। व्यस्त हो जाएँ। चलते चलें। शुरू कर दें और चलते रहें। समय बर्बाद ना करें।

ज़्यादा लंबे घंटे काम करें

ज़्यादा लंबे घंटे काम करना उत्पादकता को बढ़ाने का तीसरा तरीक़ा है। आम आदमी हर सप्ताह 32 से 42 घंटे तक ऑफ़िस में रहता है। आमतौर पर इसमें से आधा समय ग़ैर-कामकाजी गतिविधियों में बर्बाद हो जाता है। ज़्यादातर कर्मचारी ख़ास उत्पादक नहीं होते हैं। जब वे काम करते हैं, तब भी वे आमतौर पर ऐसी गतिविधियों को चुनते हैं, जो मज़ेदार और आसान हों, जबकि बड़े, मूल्यवान और महत्त्वपूर्ण कामों से कतराते हैं।

आप एक सरल फ़ॉर्मूले से अपनी उत्पादकता रातोंरात दोगुनी कर सकते हैं, जिसका इस्तेमाल किसी भी क्षेत्र के शीर्ष लोग करते हैं : थोड़ा जल्दी शुरू करें, थोड़ी ज़्यादा कड़ी मेहनत करें और थोड़ी ज़्यादा देर तक रुकें।

अगर सामान्य कामकाजी घंटे नौ से पाँच तक हैं, तो आपको 7.30 या 8 बजे शुरू करने की आदत डालनी चाहिए और शाम को 6 बजे तक काम करना चाहिए। लंच के दौरान भी काम करें। अपनी दिनचर्या को इस तरह दोबारा व्यवस्थित करने से आपको बहुत लाभ होगा। आपको अपने कामकाज के लिए तीन घंटे का उत्पादक समय ज़्यादा मिल जाएगा और इससे आपकी उत्पादकता रातोंरात दोगुनी हो जाएगी।

प्राथमिकताएँ तय करें

ज़्यादा महत्त्वपूर्ण काम करें। शुरू करने से पहले सूची बना लें और सूची की प्राथमिकताएँ तय करें। 80/20 के नियम को याद रखें, जिसके अनुसार आपके योगदान का 80 प्रतिशत मूल्य आपके द्वारा की जाने वाली 20 प्रतिशत चीज़ों में निहित होता है।

यही नहीं, तीन के नियम पर भी ग़ौर करें, जिसके अनुसार आपके योगदान का 90 प्रतिशत मूल्य सिर्फ़ तीन कामों या गतिविधियों से उत्पन्न होता है। क्या आप जानते हैं कि वे काम या गतिविधियाँ कौन सी हैं? अगर आप दिनभर में सिर्फ़ तीन चीज़ें ही कर सकें, तो वे कौन सी होंगी? आपके जवाब इस सवाल के भी जवाब होंगे : “मुझे वेतन क्यों मिलता है?”

संकल्प के प्रति ज़िम्मेदार बनें

यहाँ एक बेहतरीन सवाल दिया जा रहा है, जो आपको हर कामकाजी दिन की शुरुआत में पूछना चाहिए, “अगर मुझे एक महीने के लिए शहर से बाहर जाना हो और उससे पहले मैं सिर्फ़ एक ही काम पूरा कर सकूँ, तो वह एक काम कौन सा होगा?”

आपका जवाब जो भी हो, सबसे पहले उसी काम पर शुरू हो जाएँ। किसी भी दूसरी चीज़ को करने के चक्कर में ना पड़ें। अपने ई-मेल चेक ना करें, कॉफ़ी ना पिएँ या अख़बार की सुर्ख़ियाँ ना पढ़ें। अपने मित्रों के साथ मेलजोल ना करें। बस सिर नीचे झुकाएँ और अपना दिल अपने सबसे महत्त्वपूर्ण काम में झोंक दें, फिर वह काम तब तक करने का संकल्प लें, जब तक कि वह 100 प्रतिशत पूरा ना हो जाए।

अगर आप हर दिन की शुरुआत में ही एक महत्त्वपूर्ण काम पूरा कर लेते हैं, तो इससे आपकी उत्पादकता चमत्कारी रूप से बढ़ जाएगी। इससे भी अच्छी बात यह है कि आप ख़ुद के बारे में ज़बर्दस्त महसूस करने लगते हैं। आप विजेता या सफल व्यक्ति जैसा महसूस करेंगे, क्योंकि आप ऐसे ही हैं।

टीमवर्क का दोहन करें

चंद लोगों की सुव्यवस्थित टीम अलग-अलग काम करने वाले ढेर सारे लोगों से कहीं ज़्यादा काम कर सकती है। इसलिए काम कई लोगों के बीच काम बाँट दें और फिर सौहार्द में मिलकर काम करें।

जब भी संभव हो, कामों को सौंपें, कम करें, आउटसोर्स करें और हटाएँ, ताकि आप सबसे कम समय में सबसे महत्त्वपूर्ण चीज़ें ज़्यादा कर सकें। हर वह काम सौंप दें, जिसे कोई दूसरा आपकी तुलना में कम से कम 70 प्रतिशत अच्छी तरह कर सकता हो। अपनी सकल उत्पादकता बढ़ाने के लिए अपनी टीम के सदस्यों के साथ सौहार्द में काम करें।

अपने कामों के समूह बनाएँ

जब आप एक ही समय में एक जैसे कई काम करते हैं, तो आप जल्दी ही माहिर बन जाते हैं। हर दोहराए गए काम में पिछले काम से कम समय लगता है। जब आप सात या दस एक समान काम कर लेते हैं, जैसे ई-मेल देखना, पत्राचार का डिक्टेशन देना, रिपोर्ट लिखना या कोई

भी दोहराने वाली चीज़, तो आप हर काम को उस कड़ी के पहले काम में लगने वाले समय के मुक़ाबले 20 प्रतिशत कम में ही कर लेते हैं।

दूसरी तरफ़, अगर आप कोई काम शुरू करते हैं और फिर कोई दूसरा काम करने लगते हैं, फिर से पहले काम पर लौटकर आते हैं, फिर से कोई तीसरा काम करने लगते हैं, तो इसका परिणाम यह होता है कि काम में 500 प्रतिशत ज़्यादा समय लग सकता है। एकाग्र मानसिकता और पूर्ण ध्यान उच्च उत्पादकता के लिए अनिवार्य हैं।

ख़ुद को एक फ़ैक्ट्री मानें, जिसके इनपुट, काम की प्रक्रियाएँ और आउटपुट हैं। अपने काम के सबसे महत्त्वपूर्ण आउटपुट पर एकाग्र रहें। कामकाजी दिन शुरू करते वक़्त संकल्प लें कि आप जितने समय ऑफ़िस में रहेंगे, सारे समय काम करेंगे।

11

सही कर्मचारी नियुक्त करें

अपने काम में मदद करने के लिए सही कर्मचारियों को नियुक्त करने की आपकी योग्यता आपकी सफलता तय करने में महत्त्वपूर्ण योगदान देगी। अगर आप अपनी मदद करने के लिए सही योग्यताओं, उचित ज्ञान और सही स्वभाव वाले अच्छे लोगों को नियुक्त नहीं कर सकते हों, तो आपको अंततः ज़्यादातर काम ख़ुद ही करना होगा। जो मैनेजर अपने कर्मचारियों के जरिये ख़ुद को बहुगुणित नहीं कर सकते, उन्हें कभी ज़्यादा ऊँची ज़िम्मेदारी के पद पर प्रमोशन नहीं मिल सकता।

अपनी बेस्टसेलिंग पुस्तक *थिंकिंग, फ़ास्ट एंड स्लो* में डेनियल काहनेमन कहते हैं कि कुछ गतिविधियों में 'तेज़ सोच', तीव्र, आवेगपूर्ण, सहज बोध वाली और इंद्रियात्मक विवेकबुद्धि की ज़रूरत होती है और जिनके बारे में आप तीव्र निर्णय ले सकते हैं, जैसे यातायात में लेन बदलना।

दूसरी ओर, कई गतिविधियों में 'धीमी सोच' की ज़रूरत होती है। उन्हें अच्छी तरह करने के लिए यह ज़रूरी होता है कि आप धीमे हो जाएँ, शांति से जानकारी एकत्र करें, सावधानी से मनन करें और धीमे निर्णय लें। इसीलिए पीटर ड्रकर ने कहा था, "तेज़ लोगों के निर्णय हमेशा ग़लत लोगों के निर्णय होते हैं।"

काग़ज़ पर सोचें

सही कर्मचारी को नियुक्त करने के लिए काग़ज़ पर सोचें। उस ख़ास पद के लिए कैसा व्यक्ति आदर्श रहेगा, उसका वर्णन लिखें। आदर्श कर्मचारी में क्या-क्या होना चाहिए, हर विशेषता, गुण, अनुभव, योग्यता को लिख लें। इसे उतनी ही सटीकता से लिखें, मानो आप किसी फ़ैक्ट्री से कोई प्रॉडक्ट बनवाने का ऑर्डर दे रहे हैं।

इसके बाद, उस काम (या कामों) का वर्णन लिखें, जो आप उस कर्मचारी से कराना चाहते हैं। उस पद के अपेक्षित परिणाम लिखें और उन्हें मापने योग्य बनाएँ। उन परिणामों को हासिल करने के लिए उस कर्मचारी में कौन से गुण और योग्यताएँ होनी चाहिए, उनका भी वर्णन लिख लें, फिर उस आदर्श कर्मचारी के स्वभाव और व्यक्तित्व का वर्णन करें, जिसे आप नियुक्त करना चाहते हैं।

इस प्रक्रिया में पूरी तरह स्वार्थी बन जाएँ। संकल्प लें कि आप सिर्फ़ उसी व्यक्ति को नियुक्त करेंगे, जिसे आप पसंद करते हैं, जिसका आप सम्मान करते हैं और जिसके साथ रहने में आपको अच्छा लगता है। 'पसंद करना' सभी मानवीय संबंधों में एक अत्यंत महत्त्वपूर्ण घटक है, इसलिए इसे कर्मचारियों को नियुक्त करने का एक पैमाना बना लें।

SWAN फ़ॉर्मूला

चार अक्षर का SWAN फ़ॉर्मूला आपको एक नुस्ख़ा बताता है, जिसका इस्तेमाल आप सही लोगों को चुनने के लिए कर सकते हैं।

S का मतलब स्मार्ट लोगों से है। इसलिए स्मार्ट लोगों को चुनें। स्मार्ट, बुद्धिमान और उत्सुक लोगों को चुनें। ऐसे लोगों को चुनें, जो सकारात्मक हों, प्रतिभाशाली हों तथा आपमें और आपके काम में दिलचस्पी रखते हों।

W का मतलब 'कड़ी मेहनत' से है। मेहनती लोगों को चुनें। याद रखें, ज़्यादातर लोग आलसी होते हैं और वे बस किसी ऐसी नौकरी की तलाश कर रहे होते हैं, जिसमें वे दूसरे के पैसों पर आलस कर सकें। आपको ऐसे लोगों की तलाश है, जिनकी कड़ी मेहनत करने की छवि है।

एक अच्छा तरीक़ा है, जिससे आप इंटरव्यू के दौरान यह जाँच कर सकते हैं कि किसी व्यक्ति के कितनी कड़ी मेहनत करने की संभावना है। संभावित कर्मचारी से कहें, "कभी-कभार हमें अपने ग्राहकों के महत्त्वपूर्ण कामों के सिलसिले में रात को और वीकएंड पर भी काम करना पड़ता है। आप इस बारे में कैसा महसूस करते हैं?"

सर्वश्रेष्ठ उम्मीदवार तुरंत कहेंगे, "अगर मुझे यह नौकरी मिल जाती है, तो मैं सफल होने के लिए हर आवश्यक चीज़ करूँगा।" अगर उम्मीदवार नानुकुर करता है और ऐसी बात बोलता है कि उसे अपने व्यक्तिगत या सामाजिक जीवन के लिए भी समय चाहिए, तो उसके इरादे समझ जाएँ। नौकरी मिलने पर ऐसा व्यक्ति ख़ास उत्पादक नहीं रहेगा। वह आपके वेतन पर छुट्टियाँ मनाना चाहेगा।

तीसरे अक्षर A का यहाँ मतलब महत्वाकांक्षा से है। महत्वाकांक्षी लोगों को चुनें। सर्वश्रेष्ठ कर्मचारी वे होते हैं, जो आपकी नौकरी का इस्तेमाल भविष्य में ज़्यादा अच्छी नौकरियों के पायदान के रूप में करते हैं। उन्हें विश्वास होता है कि आपके यहाँ नौकरी करने और उत्कृष्ट काम करने से उनके लिए ऐसे द्वार खुल जाएँगे, जो उनके करियर में काफ़ी मदद करेंगे।

इस फ़ॉर्मूले के अंतिम अक्षर N से यहाँ मतलब 'अच्छे' लोगों से है। अच्छे लोगों को चुनें। हमेशा अच्छे लोगों को ही नियुक्त करें। हमेशा ऐसे लोगों को नियुक्त करें, जिनके साथ आपको व्यक्तिगत रूप से अच्छा लगे। यह निर्णय का एकमात्र पैमाना तो नहीं होना चाहिए, लेकिन यह काफ़ी महत्त्वपूर्ण होता है। अच्छे लोग दूसरों के साथ हिल-मिलकर चलते

हैं, टीम के सदस्य के रूप में ज़्यादा अच्छी तरह काम करते हैं, व्यवसाय के उतार-चढ़ाव के दौरान ज़्यादा ख़ुशमिज़ाज रहते हैं और नकारात्मक या शंकालु लोगों के बजाय उनके आस-पास रहना ज़्यादा आनंददायक होता है।

तीन का नियम

तीन का नियम एक फ़ॉर्मूला है, जिसे मैंने कई बरसों के अनुभव के बाद ईजाद किया है। कई वरिष्ठ एक्ज़ीक्यूटिव कहते हैं कि इससे उनके व्यवसाय में नियुक्तियाँ करने की प्रक्रिया में सचमुच क्रांति हो गई है। इस फ़ॉर्मूले की मदद से आप लगभग 90 प्रतिशत सही लोगों को नियुक्त कर सकते हैं।

फ़ॉर्मूले का पहला घटक यह है कि आपको किसी पद के लिए कम से कम तीन उम्मीदवारों का इंटरव्यू लेना चाहिए, इससे ज़्यादा उम्मीदवार भी बेहतर हो सकते हैं। तीन उम्मीदवारों का इंटरव्यू लेने से आपको संभावित कर्मचारियों की तुलना का अवसर मिलता है। इंटरव्यू देने वाले पहले और एकमात्र व्यक्ति को कभी नियुक्त ना करें। चौड़ा जाल बिछाएँ और किसी पद के लिए कई लोगों का इंटरव्यू लें, ताकि आप देख सकें कि किसमें कितनी योग्यता है।

दूसरा घटक यह है कि अपने पसंदीदा उम्मीदवार का तीन अलग-अलग समयों पर इंटरव्यू लें। ये इंटरव्यू कल या अगले सप्ताह या लगातार तीन दिन तक हो सकते हैं। गति धीमी रखें। अपना समय लें। जो उम्मीदवार पहले इंटरव्यू में बेहतरीन दिखता है, वह दूसरे इंटरव्यू में औसत और तीसरे में भयंकर नज़र आ सकता है। यह अविश्वसनीय है, लेकिन यह लगातार होता है।

तीसरा घटक यह है कि आप जिस उम्मीदवार को पसंद करते हों, उसका इंटरव्यू तीन अलग-अलग जगहों पर लें। पहला इंटरव्यू आपके ऑफ़िस में हो सकता है, दूसरा इंटरव्यू हॉल के पार किसी बैठक रूम

में हो सकता है और तीसरा इंटरव्यू सड़क के पार वाली कॉफ़ी शॉप में हो सकता है।

जब आप लोगों को अलग-अलग परिवेशों में ले जाते हैं, तो उनके व्यक्तित्व के अलग-अलग पहलू उजागर होते हैं, जिन्हें आप अपने ऑफ़िस में नहीं देख सकते थे। याद रखें, तीसरे इंटरव्यू में उम्मीदवार कभी उतने अच्छे नहीं दिखेंगे, जितने कि पहले इंटरव्यू में दिखे थे। शुरुआत में आकर्षक लगने वाला उम्मीदवार दूसरे और तीसरे इंटरव्यू में या दूसरी और तीसरी जगह पर बदतर नज़र आ सकता है। इसलिए सावधानी से विचार करें और धीरे-धीरे निर्णय लें ('धीमी सोच' से हमारा यही आशय है।)

तीन अन्य लोग

नियुक्तियाँ करने के फ़ॉर्मूले का चौथा घटक यह है कि उम्मीदवार का इंटरव्यू कम से कम तीन अन्य लोग लें। अपनी कंपनी में काम करने के लिए किसी व्यक्ति को चुनते समय अपने विवेक पर कभी पूरा भरोसा ना करें। हमेशा निर्णय पर पहुँचने से पहले दूसरे लोगों को शामिल करें और उनकी राय लें।

मैंने एक बार अपनी कंपनी में एक्ज़ीक्यूटिव के पद पर नियुक्ति देने के लिए एक व्यक्ति का इंटरव्यू लिया। मैं उससे काफ़ी प्रभावित हुआ और उसे नियुक्त करने की कगार पर था, लेकिन तभी मुझे अपना यह नियम याद आ गया। इसलिए मैं उसे अपने ऑफ़िस में घुमाने लगा और अपनी टीम के हर प्रमुख खिलाड़ी से अकेले में बात कराई, ताकि वे उससे प्रश्न पूछकर अपनी स्वतंत्र राय बना सकें।

शाम को वे समूह में मेरे पास आए और मुझसे बोले कि मुझे इस व्यक्ति को कतई नियुक्त नहीं करना चाहिए। वह हमारी कंपनी के लिए पूरी तरह से अनुपयुक्त था। उसमें ऐसे दोष और कमज़ोरियाँ थीं, जिन्हें

मैं नहीं पकड़ पाया था, लेकिन उसके साथ हुई बातचीतों में उन्होंने पकड़ ली थीं। मैंने तुरंत उस उम्मीदवार पर विचार करना छोड़ दिया।

हर उद्योग के सर्वश्रेष्ठ एक्ज़ीक्यूटिवों ने समय के साथ यह छवि बना ली है कि वे अपने साथ और अपनी ख़ातिर काम करने के लिए सर्वश्रेष्ठ लोगों को ही चुनते हैं। यह उत्कृष्ट मैनेजर बनने और अपने उद्योग में अपनी पूरी क्षमता के अनुसार प्रदर्शन करने का अनिवार्य हिस्सा है।

कुंजी यह है कि धीमे चलें। बहुत कुछ दाँव पर लगा है।

12

अक्षम लोगों को बाहर निकालें

किसी कर्मचारी को नौकरी से निकालना प्रबंधन का सबसे तनावपूर्ण काम होता है। प्रबंधन का दूसरा सबसे तनावपूर्ण काम होता है ख़ुद नौकरी से निकाले जाना, लेकिन अगर आपको पहले काम का अनुभव नहीं है, तो आपको दूसरे काम का थोड़ा अनुभव मिल सकता है।

जो मैनेजर किसी अक्षम व्यक्ति को चुनता है, वह ख़ुद अक्षम होता है। जो मैनेजर किसी अक्षम व्यक्ति को नौकरी में बनाए रखता है, वह और भी ज़्यादा अक्षम होता है। आप ग़लत कर्मचारी को किसी पद पर जितने ज़्यादा लंबे समय तक रखते हैं, आपके आस-पास के लोग आपको उतना ही ज़्यादा अक्षम मानते हैं। आपके वरिष्ठ अधिकारी, आपके समकक्ष और आपके अधीनस्थ आपको अक्षम मानते हैं। ग़लत व्यक्ति को पद पर बनाए रखने से आपके स्टाफ़ के सदस्यों का मनोबल कम होता है। वे इस नतीजे पर पहुँचते हैं कि अगर अक्षम व्यक्ति को भी उनके जितना ही वेतन और उतने ही विशेषाधिकार मिलते हैं, तो अच्छा काम करने का क्या फ़ायदा?

ज़ाहिर है, हर कर्मचारी जानता है कि कौन सक्षम है और कौन सक्षम नहीं है। वे यह बात बहुत जल्दी समझ लेते हैं। हर ऑफ़िस में

स्टाफ़ का हर सदस्य हर दूसरे कर्मचारी की सक्षमता के स्तर को जानता है। आप इससे ना तो भाग सकते हैं, ना ही छिप सकते हैं।

क्रूर ना बनें

एक बार जब आप अपने मन में तय कर लें कि वह कर्मचारी आपकी कंपनी में काम नहीं कर सकता, तो आप उसके साथ जो सबसे क्रूर चीज़ कर सकते हैं, वह यह है कि उसे नौकरी में बनाए रखें। अक्षम कर्मचारियों के भले के लिए आप जो सबसे अच्छा काम कर सकते हैं, वह है उन्हें स्वतंत्र कर देना। उन्हें जाने दें, ताकि वे कोई ऐसी नौकरी खोज सकें, जिसमें उनका भविष्य हो और जहाँ उनके लिए ज़्यादा संभावनाएँ हों।

ऐसा क्यों होता है कि मैनेजर किसी अक्षम कर्मचारी को नौकरी से निकालने की मेहनत से बचते हैं और इस चक्कर में अपने करियर और अक्सर अपने मानसिक स्वास्थ्य की भी बलि चढ़ा देते हैं? प्रायः इसका जवाब होता है : आत्म-भ्रांति। मैनेजर सोचता है कि वह अक्षम व्यक्ति को नौकरी से ना निकालकर उस पर अहसान कर रहा है। कई बार तो मैनेजर यह भी सोचता है कि अक्षम कर्मचारी अचानक बदल जाएगा, अपनी आदतों को पूरी तरह बदल लेगा और स्टाफ़ का सक्षम सदस्य बन जाएगा।

मैनेजर जिस असल कारण से अक्षम कर्मचारियों को नौकरी से नहीं निकालता है, वह है कायरता। वास्तव में देखा जाए, तो मैनेजर दयालु और उदार नहीं बन रहा है। मैनेजर तो क्रूर और हृदयहीन बन रहा है। मैनेजर सही काम ना करके सामने वाले व्यक्ति का नुक़सान कर रहा है।

जिन कर्मचारियों को नौकरी से निकाला गया, उनमें से 70 प्रतिशत ने बाद में लिए इंटरव्यू में बताया कि वे जानते थे कि ऐसा होगा। उनका एकमात्र प्रश्न यह था कि मैनेजर ने उन्हें निकालने में इतनी देर क्यों की। यह कर्मचारी के लिए मुश्किल होता है कि ख़ुद को नौकरी से निकाल

ले। भले ही वह ग़लत पद पर हो, काम को नापसंद करता हो और इसे ख़राब तरीक़े से करता हो तथा किसी के भी साथ उसकी पटरी ना बैठ रही हो, लेकिन उसे अपना दुख दूर करने के लिए मैनेजर के साहस की ज़रूरत होती है।

पेशेवर अंदाज़ में नौकरी से निकालें

जो कर्मचारी पद के लिए ग़लत है, उसे नौकरी से कैसे निकालें? यह एक सरल प्रक्रिया है, जिसके कामयाब होने की गारंटी है और ज़्यादातर मामलों में आपको अदालत के चक्कर भी नहीं काटने होंगे।

सबसे पहले तो आप किसी ख़ास दिन और ख़ास समय पर उस कर्मचारी को निकालने का निर्णय लेते हैं और फिर आप डिगते या डगमगाते नहीं हैं। आप ख़ुद से कहते हैं, "मैं इस व्यक्ति को शुक्रवार सुबह दस बजे बुलाऊँगा और उसे नौकरी से निकाल दूँगा।"

दूसरी बात, उस व्यक्ति को अंदर बुलाने के बाद आप दरवाज़ा बंद कर देते हैं (इससे भी बेहतर है कि आप सामने वाले के ऑफ़िस में जाएँ, ताकि आप बाद में उठकर बाहर निकल सकें।), फिर आप इन सावधानी से चुने गए शब्दों का इस्तेमाल करते हैं, "मैंने इस स्थिति के बारे में काफ़ी सोच-विचार किया है। मैं इस नतीजे पर पहुँचा हूँ कि यह आपके लिए सही नौकरी नहीं है और आप इस नौकरी के लिए सही व्यक्ति नहीं हैं। मैं सोचता हूँ कि आप किसी दूसरी नौकरी में ज़्यादा ख़ुश होंगे।"

एक बार जब आप नौकरी से निकालने की प्रक्रिया शुरू कर दें, तो कर्मचारी के पिछले प्रदर्शन पर ज़रा भी बातचीत ना करें। यह ना बोलें कि उसने नौकरी में क्या-क्या किया और क्या-क्या नहीं किया। अब उसके लिए बहुत देर हो चुकी है। खेल ख़त्म हो चुका है। नौकरी चली गई है। वह कर्मचारी चला गया है।

टूटे रिकॉर्ड वाली नीति अपनाएँ

इस बिंदु पर यह बहुत आम बात है कि कर्मचारी आपके साथ बहस करेगा। उस कर्मचारी को अक्सर हैरानी होगी, सदमा लगेगा, दुख होगा। वह रोने लगेगा, गुस्सा होगा, उलटा-सीधा बोलेगा और ऐसी ही दूसरी चीज़ें करेगा। याद रखें, यह कर्मचारी के लिए बहुत तनावपूर्ण अनुभव होता है।

लेकिन कर्मचारी चाहे जो कहे या करे, आप बुद्ध की प्रतिमा की तरह बिलकुल शांत रहते हैं। आप धैर्य और सम्मान से सिर हिलाते हैं और इंतज़ार करते हैं, जब तक कि वह बोलना बंद करके साँस नहीं लेता, फिर आप अपनी पिछली बात को दोहराते हैं, "तथ्य यह है कि यह आपके लिए सही नौकरी नहीं है और आप इस नौकरी के लिए सही व्यक्ति नहीं हैं और मैं सोचता हूँ कि आप किसी दूसरी नौकरी में ज़्यादा ख़ुश होंगे।"

दृढ़ता संबंधी प्रशिक्षण में इसे 'टूटा हुआ रिकॉर्ड' कहा जाता है। आप वही संदेश, उन्हीं शब्दों में, शांतिपूर्ण लहज़े में बार-बार दोहराते रहते हैं, जब तक कि सामने वाला व्यक्ति आख़िरकार हार नहीं मान लेता और यह स्वीकार नहीं कर लेता कि उसकी नौकरी जा चुकी है।

योजना बनाएँ

इस बिंदु पर आप बता सकते हैं कि सामने वाला आगे क्या करे। यदि नौकरी से निकालना अप्रिय अनुभव हो, तो आप सामने वाले को बोरिया-बिस्तर बाँधकर तुरंत ऑफ़िस से जाने को कह सकते हैं। बेहतर होगा कि पैकिंग करते समय कोई दूसरा वहाँ बैठा रहे, जिससे वह किसी चीज़ का नुक़सान ना कर पाए।

सेवरेंस पे यानी पृथक्करण वेतन बेहद भावनात्मक होता है। ज़्यादातर कर्मचारियों के पास कोई बचत नहीं होती। जब उन्हें नौकरी से निकाला जाता है, तो उनके मन में सबसे पहले यह दहशत भरा प्रश्न आता है, "मैं अब कैसे खाऊँगा या अपना किराया कैसे दूँगा?"

तैयार रहें। सेवरेंस पैकेट पहले से तैयार रखें। जब तक कि लिखित अनुबंध ना हो, तब तक सेवरेंस पे देने की कोई क़ानूनी बाध्यता नहीं होती, लेकिन एक साल की सेवा के बदले में एक सप्ताह की सेवरेंस पे देने की परंपरा है। इससे ज़्यादा या कम देना आपके विवेक पर निर्भर करता है और इस बात पर भी कि नौकरी से निकाले जाते समय लोग कैसा व्यवहार करते हैं।

गवाह रखें

अंतिम बात : अगर आप पुरुष हैं और किसी महिला कर्मचारी को निकाल रहे हैं, तो अंतिम मुलाक़ात में किसी महिला को अपने साथ रखें। अगर आप महिला हैं और किसी पुरुष कर्मचारी को नौकरी से निकाल रही हैं, तो किसी पुरुष को अपने साथ रखें। अगर आपको ज़रा सी भी आशंका है कि वह महिला आप पर यौन उत्पीड़न का आरोप लगा सकती है, तो नौकरी से निकालने की बातचीत के दौरान महिला गवाह को कमरे में अपने साथ रखें। इस तरह आप मुकदमे से बच सकते हैं।

कई अन्य सलाहें और तकनीकें भी हैं, जिनका इस्तेमाल आप अक्षम कर्मचारियों को नौकरी से निकालने के लिए प्रभावी ढंग से कर सकते हैं। यह एक ऐसी योग्यता है, जिसे सीखकर आपको अपने व्यावसायिक योग्यता भंडार का हिस्सा बना लेना चाहिए। ये बुनियादी बातें अक्षम लोगों को आपकी टीम से बाहर रखने में आपकी मदद करेंगे, जिनकी वजह से आप नीचे और पीछे रह रहे हैं।

बुद्धिमत्ता के ये शब्द याद रखें : "किसी कर्मचारी को नौकरी से निकालने का सबसे अच्छा समय वह होता है, जब यह विचार आपके मन में पहली बार आता है।"

13

बैठकों को प्रभावी बनाएँ

बैठकों में प्रबंधकों का 25 से 50 प्रतिशत समय आसानी से लग जाता है। बैठकें संगठनों का एक अपरिहार्य और आवश्यक हिस्सा होती हैं। उनसे बचना संभव नहीं है, लेकिन उन्हें प्रभावी ज़रूर बनाया जा सकता है।

तीन प्रकार की बैठकें सबसे आम होती हैं : (1) जानकारी देने वाली बैठकें, (2) समस्या सुलझाने वाली बैठकें और (3) नए प्रॉडक्ट, सेवाओं या लोगों की घोषणा करने वाली बैठकें।

सबसे पहले तो हमेशा यह पूछें कि आप यह बैठक कर क्यों रहे हैं। इस मामले में स्पष्टता अनिवार्य है। अगर बैठक से बचना संभव है, तो बैठक कदापि ना करें। बैठक अगर सही तरीक़े से ना हो, तो बहुत सारा समय बर्बाद हो जाता है।

बैठकें महँगी होती हैं। किसी बैठक की लागत का पता लगाने का एक अच्छा तरीक़ा यह है कि बैठक में शामिल होने वालों के प्रति घंटे वेतन को गुणा करके यह हिसाब लगाया जाए और उन्हें उनके काम से दूर रखने की कुल लागत निकाली जाए।

कई मामलों में उस बैठक की लागत सैकड़ों, यहाँ तक कि हज़ारों डॉलर भी होती है। अगर कोई आपके पास आकर इतने ही नक़द पैसे किसी तरह के ख़र्च के लिए माँगे, तो शायद आप बहुत सावधानी से ख़र्च की समीक्षा करेंगे और राशि का अनुमोदन करेंगे।

बैठकों के मामले में भी ऐसा ही करें।

एजेंडा तैयार करें

अगर बैठक आवश्यक हो, तो हमेशा एजेंडा लिख लें। एजेंडा लिखते समय आपको यह पता चल सकता है कि ज़्यादा बातें तो सिर्फ़ एक ही व्यक्ति से संबंधित हैं, जिसे आप तुरंत फ़ोन या ईमेल कर सकते हैं और बैठक की कोई ज़रूरत ही नहीं है।

बैठक का एजेंडा लिखते समय 80/20 के नियम का इस्तेमाल करें। जिन बिंदुओं पर विचार-विमर्श होना है, उनमें से 20 प्रतिशत बिंदुओं का महत्व 80 प्रतिशत होगा। सुनिश्चित करें कि सर्वाधिक महत्त्वपूर्ण बिंदुओं पर सबसे पहले चर्चा हो जाए, ताकि समय कम पड़ने पर ख़ास नुक़सान ना हो।

प्रभावी बैठक करने के लिए बैठक हमेशा समय पर शुरू करें और समय पर ही ख़त्म करें। पार्किन्सन का नियम कहता है कि "काम इसके लिए आवंटित समय को भरने के लिए फैल जाता है।" इस नियम का विपरीत यह है कि "काम इसके लिए आवंटित समय के हिसाब से सिकुड़ जाता है।"

अगर बैठक ख़त्म होने का कोई स्पष्ट समय नहीं है, तो बातचीत गोल-गोल घूमती रहेगी और बैठक चलती रहेगी, लेकिन बहुत कम परिणाम मिलेंगे। बहरहाल, जब आपके पास बैठक ख़त्म होने का स्पष्ट समय होता है, तो आपको यह देखकर सुखद हैरानी होगी कि कितने ज़्यादा बिंदुओं पर विचार-विमर्श हो गया है।

समय के पाबंद बनें

अगर आप कहते हैं कि आप सुबह 10 बजे बैठक शुरू कर देंगे, तो ठीक उसी समय बैठक शुरू कर दें। लोगों को पहले से साफ़-साफ़ बता दें कि अगर वे कमरे में नहीं पहुँचते हैं, तो वे बैठक चूक जाएँगे। कुछ एक्ज़ीक्यूटिव निर्धारित समय के बाद बैठक रूम के दरवाज़े पर ताला भी लगवा देते हैं, ताकि कोई अन्य व्यक्ति अंदर ना आ सके।

एक अच्छा नियम यह मानकर चलना है कि देर से आने वाले कर्मचारी नहीं आएँगे, इसलिए बैठक उनके बिना ही शुरू कर दें। भले ही आपका बॉस देर से आए, लेकिन आप बैठक की ज़िम्मेदारी लें और उसे शुरू कर दें।

सिर्फ़ उन्हीं लोगों को आमंत्रित करें, जिनकी उपस्थिति बैठक के एजेंडा के लिहाज़ से अनिवार्य हो। कई बार हम ग़लती से कुछ कर्मचारियों को इसलिए आमंत्रित कर लेते हैं, ताकि वे कामकाजी टीम में शामिल महसूस करें। यह अब आवश्यक नहीं है। कर्मचारी इतने ज़्यादा व्यस्त होते हैं कि वे हमेशा इस बात के लिए कृतज्ञ रहेंगे, अगर आप उन्हें किसी बैठक में शामिल ना करें, जिसमें वे कोई मूल्यवान योगदान ना दे सकते हों।

उन्हें बीच में जाने दें

जब बैठक में कर्मचारियों की ज़रूरत ख़त्म हो जाए, तो उन्हें बैठक के बीच से उठकर उनके काम पर जाने दें। कई बार किसी ख़ास कर्मचारी के लिए एजेंडा का सिर्फ़ एक बिंदु ही प्रासंगिक होता है। ऐसी स्थिति में उस बिंदु पर यथासंभव तुरंत बातचीत करें और फिर उस कर्मचारी को बैठक छोड़कर काम पर जाने दें। यह प्रत्येक के समय का अच्छा उपयोग है।

एजेंडा के प्रत्येक बिंदु पर बातचीत करने के बाद किसी समाधान पर पहुँचें। कार्य संबंधी निर्णय लें। डेडलाइन के साथ काम की ज़िम्मेदारी सौंपें। अगले बिंदु पर आगे बढ़ने से पहले हर बिंदु का समाधान कर लें।

इतने बरसों में मैं असंख्य बैठकों में गया हूँ, जहाँ चर्चाएँ हुई हैं और निर्णय लिए गए हैं। दो सप्ताह बाद हम एक और बैठक में जाते हैं, लेकिन तब तक कुछ नहीं हुआ है। क्यों नहीं? इसलिए क्योंकि बैठक में लोग किसी समाधान पर नहीं पहुँचे थे और किसी काम की योजना नहीं बनाई गई थी। किसी को भी निश्चित काम करने की समयबद्ध ज़िम्मेदारी नहीं सौंपी गई थी।

कार्य-उन्मुखी बनें

मेरा प्रिय प्रश्न हमेशा यह रहता है, "हमारा अगला कार्य क्या है?" जब किसी मुद्‌दे पर बैठक का हर व्यक्ति बातचीत कर ले, तो आप या कोई दूसरा पूछ सकता है, "हमारा अगला कार्य क्या है?" आप इस प्रश्न को बोर्ड पर भी लिख सकते हैं, ताकि हर व्यक्ति देख ले कि इस मुद्‌दे को तब तक नहीं छोड़ा जा सकता, जब तक कि कोई संकल्प ना ले लिया जाए और काम की ज़िम्मेदारी किसी को सौंप ना दी जाए।

बैठक के अंत में बैठक के परिणामों का सार बताएँ। दोहराएँ कि कौन क्या करने वाला है। बताएँ कि काम कब तक पूरा होना चाहिए और उस काम के मूल्यांकन के पैमाने क्या होंगे, फिर बैठक में आने के लिए हर व्यक्ति को धन्यवाद दें। आप अपनी बैठकों को जितना संक्षिप्त, बिंदुवार और प्रभावी बनाते हैं, लोग आपकी बैठकों में उतनी ही ज़्यादा उत्सुकता से आएँगे और अपना सबसे मूल्यवान योगदान देंगे।

जब मैं अपनी साप्ताहिक स्टाफ़ बैठकें आयोजित करता हूँ, तो एजेंडा में हर शिरकत करने वाले व्यक्ति का नाम शामिल होता है। हम टेबल पर बैठे सभी लोगों से एक-एक करके यह बताने को कहते हैं कि वे क्या कर रहे हैं, वे किन चुनौतियों का सामना कर रहे हैं और आगामी सप्ताह के लिए उनकी योजनाएँ क्या हैं। जब एक व्यक्ति बताता है, तो बाक़ी लोगों को स्पष्टीकरण के लिए प्रश्न पूछने को आमंत्रित किया जाता है। बैठक के अंत में ना सिर्फ़ सहयोग और सकारात्मक भावना

ज़्यादा होती है, बल्कि हर व्यक्ति यह भी जान जाता है कि बाक़ी लोग क्या कर रहे हैं।

हावी ना हों

यह बहुत आम है कि लीडर या सीनियर एक्ज़ीक्यूटिव बैठक के विचार-विमर्श पर हावी हो जाए। इसे रोकने का एक अच्छा तरीक़ा यह है कि अपने स्टाफ़ के किसी सदस्य को बैठक का अध्यक्ष बनाया जाए और हर सप्ताह यह काम नए सदस्य को सौंपा जाए। जब आप स्टाफ़ के सदस्यों को बताते हैं कि वे बैठक की अध्यक्षता करेंगे, तो उनकी बुद्धिमानी और तैयारी देखकर आप हैरान रह जाएँगे।

ऐसे में आप चर्चा पर हावी नहीं होते हैं, बल्कि बाक़ी लोगों की तरह सिर्फ़ शिरकत करते हैं। फ़र्क़ देखकर आप दंग रह जाएँगे। याद रखें, प्रभावी बैठक करने की योग्यता बेहद महत्त्वपूर्ण एक्ज़ीक्यूटिव योग्यता है। बैठकों में प्रबंधन का बहुत सारा समय लग सकता है, इसलिए यह अपने प्रति और अपनी कंपनी के प्रति आपकी ज़िम्मेदारी है कि आप किसी बैठक में लगने वाले हर मिनट से सर्वोच्च मूल्य निकालने में बेहद उत्कृष्ट बन जाएँ।

14

टीम भावना बनाएँ

टीम बनाना सफल मैनेजरों की अनिवार्य योग्यता है। प्रभावी टीम बनाने और उसके साथ काम करने की योग्यता प्रमोशन के लिए एक मुख्य आवश्यकता है। कंपनियाँ क्षमतावान मैनेजरों की तलाश करते समय जिन शीर्ष गुणों की क़द्र करती हैं, यह उनमें से एक है। शिखर प्रदर्शन करने वाली टीम बनाने की योग्यता आपकी सफलता के लिए अनिवार्य है।

स्टैनफ़ोर्ड ग्रेजुएट स्कूल ऑफ़ बिज़नेस ने तीस साल का रिसर्च प्रोजेक्ट करके यह पता लगाया कि किसी बड़े कॉरपोरेशन का वरिष्ठ एक्ज़ीक्यूटिव बनने के लिए किन गुणों की आवश्यकता होती है। शोधकर्ताओं ने पाया कि फ़ॉर्चून 500 कंपनियों के सभी सीईओज़ में दो बड़े गुण आम थे।

पहला गुण था किसी संकट में अच्छी तरह काम करने की योग्यता। "जब मुश्किल दौर आते हैं, तब भी दृढ़ लोग घबराते नहीं हैं।" इस गुण का प्रदर्शन उन्होंने अपने करियर में जल्दी ही कर दिया था। इसने समस्याओं और विपत्तियों से उबरने तथा उनसे प्रभावी ढंग से निपटने में उनकी मदद की। इस गुण ने उन्हें कंपनी के लक्ष्य हासिल करने के लिए लगन से जुटे रहने की प्रेरणा दी।

टीम खिलाड़ी बनें

शीर्ष एक्ज़ीक्यूटिव्ज़ में जो दूसरा गुण आम था, वह था टीम बनाने की क्षमता और टीम के सदस्य के रूप में काम करने की योग्यता। अपने करियर की शुरुआत में वे उत्कृष्ट टीम खिलाड़ी थे। उन्होंने हर असाइनमेंट के लिए स्वेच्छा से पहल की। वे जल्दी ही टीम के उन शीर्ष 20 प्रतिशत सदस्यों के समूह में पहुँच गए, जो 80 प्रतिशत काम करते हैं।

इसके फलस्वरूप उन्हें प्रमोशन मिला और सुपरविज़न के लिए कर्मचारी दिए गए, जो उनकी टीम का हिस्सा बन गए। जब उन्होंने अपनी टीम के सदस्यों के साथ प्रभावी ढंग से काम करके ज़्यादा परिणाम हासिल किए, तो उन्हें साथ में काम करने के लिए और भी ज़्यादा कर्मचारी दिए गए। उनके करियर में बाद में, फ़ॉर्च्यून 500 कॉरपोरेशनों के सीईओ के रूप में, उन्होंने पाया कि उनके अधीन लाखों कर्मचारी काम कर रहे हैं।

लेकिन इस अध्ययन में उन्होंने यह भी पाया कि किसी संकट में अच्छी तरह काम करने की योग्यता किसी क्लासरूम में नहीं सिखाई जा सकती। यह इंसान के भीतर से आती है, लेकिन उत्कृष्ट टीम खिलाड़ी बऩने और कंपनी के लिए बेहतरीन परिणाम हासिल करने वाली टीम बनाने की योग्यता एक ऐसी योग्यता थी, जिसे सीखा जा सकता था।

सीखी जा सकने वाली योग्यता

कई चीज़ों को क्रम में करके आप उत्कृष्ट टीम लीडर बनते हैं और टीम भावना को बढ़ाते हैं।

सबसे पहले तो पूरी तरह स्पष्ट कर लें कि आप कौन हैं और आप क्या चाहते हैं। अपनी शक्तियों और अपनी कमज़ोरियों को स्पष्ट कर लें। ख़ुद के लिए और अपने करियर के लिए स्पष्ट लक्ष्य और उद्देश्य तय करें, फिर अपनी ज़िम्मेदारी के क्षेत्र के लिए स्पष्ट लक्ष्य और उद्देश्य तय करें।

दूसरे, लोगों को यह बताने का समय निकालें कि वे समूह या टीम के रूप में क्या कर रहे हैं और क्यों। ख़ासतौर पर, टीम के लक्ष्यों और मिशन को इस संदर्भ में परिभाषित करें कि काम दूसरे लोगों के जीवन में कैसे मदद करता है और उसे कैसे बेहतर बनाता है। इसे एक प्रेरणादायक विचार बना दें, ताकि लोग एक बड़ा काम करने वाली टीम के सदस्य बनना चाहें।

वॉलमार्ट के प्रेसिडेंट ने कंपनी के सालाना जलसे में वॉलमार्ट के 25,000 मैनेजरों और कर्मचारियों के सामने सेंट लुइस में भाषण दिया। इसके ठीक बाद मैं उनसे मिला। वे जानते थे कि उनके आदर्श, स्वप्न, मिशन और उद्देश्य सचमुच क्या थे। उन्होंने यह कहा, "वॉलमार्ट में हम सटीकता से जानते हैं कि हम क्या कर रहे हैं। हमारा लक्ष्य अपने ग्राहकों को सबसे कम संभव भाव पर सर्वश्रेष्ठ प्रॉडक्ट्स और सेवाएँ प्रदान करना है, ताकि अपने परिवार और बच्चों पर ख़र्च करने के लिए उनके पास ज़्यादा पैसे रहें।"

पूरे हॉल में बैठे लोगों ने उठकर उनका अभिवादन किया। ग्राहकों और उनके परिवारों के जीवन को बेहतर बनाने के प्रति उनका जोश पूरे संगठन की प्रेरणा है।

विचारों पर बातचीत करें और उनका आदान-प्रदान करें

नियमित संवाद और टीम भावना के बीच सीधा संबंध होता है। हर सप्ताह अपने स्टाफ़ के साथ प्रभावी बैठक तय करें, ताकि विचारों का आदान-प्रदान हो सके और यह पता लगाएँ कि हर कर्मचारी क्या कर रहा है।

मैंने जिस भी सफल कंपनी के साथ काम किया है, हर सफल कंपनी अपने कर्मचारियों को इस तरह एकजुट करने के कारण लगातार खोजती है, जिससे टीम भावना, प्रेरणा और संगठन के प्रति समर्पण बढ़े। मिसाल के तौर पर, वेल्स फ़ार्गो बैंक मशहूर है कि यह अपने प्रत्येक ब्रांच ऑफ़िस

को एक चैरिटी चुनने के लिए प्रोत्साहित करता है, जिसमें ब्रांच का हर कर्मचारी योगदान व सहयोग देता है। हर ब्रांच में टीम भावना बढ़ाने में यह विचार इतना सफल रहा है कि वेल्स फ़ार्गो अब इस पहल के लिए मुख्यालय में 100 से ज़्यादा पूर्णकालिक लोगों को रखती है।

महत्त्वपूर्ण घटनाओं का जश्न मनाएँ

पुरस्कार और मान्यता देकर जन्मदिन, सफलताओं और विजयों का जश्न मनाएँ। लोगों को महत्त्वपूर्ण महसूस कराएँ। जब लोगों की प्रशंसा की जाती है और उनकी सफलताओं का जश्न मनाया जाता है, तो वे ख़ुद के बारे में और टीम के दूसरे सदस्यों के बारे में ज़बर्दस्त महसूस करते हैं।

सौहार्द के माहौल को बढ़ावा दें। मेरे मित्र केन ब्लैंचर्ड के संगठन में 172 लोग हैं और वे ख़ुद को 'मुख्य आध्यात्मिक अफ़सर' कहते हैं। वे कहते हैं कि उनका काम यह सुनिश्चित करना है कि स्टाफ़ के सभी सदस्यों के बीच सौहार्द और ख़ुशी का उच्च स्तर हो। यह उन सबसे महत्त्वपूर्ण चीज़ों में से एक है, जो आप टीम के लीडर के रूप में कर सकते हैं।

हमारी कंपनी में हम कर्मचारियों को बता देते हैं कि हम चाहते हैं कि वे अपने काम में ख़ुश रहें। मैं कहता हूँ, "अगर आपको कोई समस्याएँ या चिंताएँ हों, तो कृपया मेरे या किसी दूसरे एक्ज़ीक्यूटिव के पास आ जाएँ और हम आपकी समस्या को सुलझाने की कोशिश करेंगे," लेकिन अगर हमें कोई ऐसा व्यक्ति मिलता है, जो लंबे समय से नकारात्मक या नाख़ुश है और जिसे संतुष्ट ही नहीं किया जा सकता, तो हम उसे किसी दूसरी जगह जाकर काम करने के लिए प्रोत्साहित करते हैं। कामकाजी परिवेश में एक भी नाख़ुश या नकारात्मक व्यक्ति कई लोगों के नज़रियों में विष घोल सकता है।

कर्मचारियों को जानकारी देते रहें

कर्मचारियों को कंपनी में हो रही हर चीज़ की जानकारी देते रहें, जिसका असर उनके काम पर पड़ता हो। उन्हें बताएँ कि बदलती अर्थव्यवस्था उनकी बिक्री और नौकरी पर किस तरह असर डाल सकती है। उन्हें बता दें कि स्टाफ़ और अमले में फेरबदल का उनकी नौकरियों और गतिविधियों पर क्या असर होगा। उनके कामकाजी परिवेश में जो हो रहा है, इस बारे में लोगों को जितनी ज़्यादा जानकारी रहती है, वे टीम के सदस्य के रूप में उतने ही ज़्यादा सकारात्मक और समर्पित होते हैं।

विकास के तीन स्तर

कर्मचारी अपने कामकाजी जीवन में विकास के तीन स्तरों से गुज़रते हैं। पहला है *निर्भरता*। इसमें वे दूसरे लोगों पर निर्भर होते हैं कि वे उन्हें बताएँ कि क्या करना है। उन्हें कार्यस्थल, तनख़्वाह और लाभ प्रदान करना भी दूसरों की ज़िम्मेदारी होती है।

दूसरा और ज़्यादा ऊँचा स्तर है *आत्मनिर्भरता*। यहाँ कर्मचारी अपना काम करने और इसके लिए पहचान बनाने की अपनी योग्यता में सक्षम महसूस करता है।

विकास का तीसरा स्तर है *अंतर्निर्भरता*। यह सर्वोच्च स्तर है। इस स्तर पर हर व्यक्ति दूसरों के साथ मिलकर काम करता है और इतना बड़ा काम कर जाता है, जो अपने दम पर करना किसी अकेले व्यक्ति के लिए असंभव था।

आत्मनिर्भरता एक सकारात्मक गुण है और इसे प्रोत्साहित करने का एक तरीक़ा व्यक्तिगत उपलब्धियों को पुरस्कृत करना है।

अंतर्निर्भरता को प्रोत्साहित करने के लिए आप सामूहिक पुरस्कार या टीम के व्यक्तियों के बीच विभाजित होने वाले पुरस्कार स्थापित करते हैं। पुरस्कार कोई भी हो सकता है : मुनाफ़े में हिस्सेदारी, बोनस

और जश्न भी, जैसे पार्टी, वैकेशन और कंपनी की तरफ़ से आयोजित पिकनिक। आप सौहार्द के माहौल में विचार-विमर्श करने और मिलकर काम करने के लिए अपनी टीम के सदस्यों को जितना ज़्यादा प्रोत्साहित करते हैं, वे उतने ही ज़्यादा सकारात्मक व प्रेरित महसूस करेंगे और वे आपकी कंपनी के प्रति तथा आपके लक्ष्य हासिल करने के प्रति भी उतने ही ज़्यादा समर्पित होंगे।

15

अच्छे निर्णय लें

निर्णय लेने की क्षमता प्रभावी मैनेजरों का एक मुख्य गुण है। कोई भी प्रमोशन या तरक्क़ी तब तक संभव नहीं है, जब तक कि कोई व्यक्ति समस्याएँ सुलझाने और अच्छे निर्णय लेने की योग्यता ना सीख ले।

कभी-कभार मैं अपने श्रोता मैनेजरों को बताता हूँ कि मेरी स्मृति कमाल की है। मैं कहता हूँ कि मुझे कमरे में मौजूद हर व्यक्ति का पदनाम याद है। चूँकि वहाँ सैकड़ों लोग मौजूद होते हैं, इसलिए हर व्यक्ति थोड़े संदेह से मेरी तरफ़ देखने लगता है, फिर मैं उन्हें अपनी बात का मतलब समझाता हूँ। मैं कहता हूँ, "चाहे आपके बिज़नेस कार्ड पर कोई भी पदनाम लिखा हो, आपका सच्चा काम समस्या सुलझाना है।"

सुबह काम शुरू करने से लेकर शाम को घर जाने तक आप समस्याएँ सुलझा रहे हैं, छोटी-बड़ी, एक के बाद एक, लगातार। अगर आपके पास सुलझाने के लिए समस्याएँ नहीं होंगी, तो आपके बजाय किसी मशीन या किसी कनिष्ठ कर्मचारी से काम चल जाएगा।

समाधान-उन्मुखी बनें

औसत लोग अपने सामने मौजूद समस्याओं के बारे में लगातार सोचते रहते हैं और इस बारे में भी कि उन समस्याओं के लिए किसे दोष देना है। शीर्ष लोग अपने सामने की समस्याओं के समाधानों के बारे में लगातार सोचते हैं और यह भी कि आगे बढ़ने के लिए कौन से काम तुरंत किए जा सकते हैं। कुंजी है समस्या सुलझाने वाले के रूप में अपनी योग्यता को बढ़ाना।

जब भी आप किसी तरह की कुंठा, प्रतिरोध या नाकामयाबी का अनुभव करें, तो यह पूछकर शुरू करें, "समस्या दरअसल क्या है?"

समस्या को ज़्यादा से ज़्यादा तरीक़ों से परिभाषित करें। आप इस प्रश्न पर भी मनन कर सकते हैं, "क्या यह सचमुच एक समस्या है? क्या इस समस्या में कोई लाभ हो सकता है? क्या यह एक छिपा हुआ लाभ हो सकती है?" आप जिस समस्या से जूझ रहे हैं, कई बार तो वह असली समस्या होती ही नहीं है।

किसी भी ऐसी समस्या से सावधान रहें, जिसकी सिर्फ़ एक ही परिभाषा हो। आप किसी समस्या को जितने ज़्यादा तरीक़ों से परिभाषित कर सकते हैं, इसका समाधान उतनी ही जल्दी निकलता है और इसके बारे में ऐसा निर्णय उतनी ही आसानी से लिया जा सकता है, जिससे सचमुच परिणाम मिलें।

समस्या को परिभाषित करने के बाद आप पूछते हैं, "सभी संभावित समाधान क्या हैं?" उस समस्या से सावधान रहें, जिसका सिर्फ़ एक ही समाधान हो। आप जितने ज़्यादा समाधानों पर विचार करते हैं, उतनी ही ज़्यादा संभावना रहती है कि आपको सर्वश्रेष्ठ परिणाम देने वाला आदर्श समाधान मिल जाएगा।

निर्णय लें

अंत में, निर्णय लें। सटीकता से निर्णय लें कि आप समस्या को सुलझाने, बाधा से उबरने और लक्ष्य को हासिल करने के लिए क्या करने वाले हैं।

निर्णय लेने के बाद अपने स्टाफ़ के किसी व्यक्ति या ख़ुद को उस निर्णय के हिसाब से कोई विशिष्ट ज़िम्मेदारी सौंप दें। डेडलाइन तय कर दें। डेडलाइन के बिना निर्णय सिर्फ़ एक चर्चा है, जिसमें कोई समाधान नहीं है।

अध्याय ग्यारह में मैंने तेज़ सोच और धीमी सोच के फ़र्क़ पर डेनियल काहनेमन के निष्कर्ष बताए थे। 80 प्रतिशत कामकाजी निर्णय तेज़ सोच की मदद से लिए जा सकते हैं। आपके पास शायद ज़्यादातर आवश्यक तथ्य और जानकारी उपलब्ध होती है। निर्णय लेने का मतलब यह होता है कि आप काम की एक या दूसरी दिशा के बीच चयन करते हैं। आप काम की एक दिशा चुनते हैं और व्यस्त हो जाते हैं। आमतौर पर कोई भी काम निष्क्रियता से बेहतर होता है।

धीमी सोच का इस्तेमाल करें

सिर्फ़ 20 प्रतिशत निर्णयों में ही धीमी सोच की ज़रूरत होती है। जहाँ ग़लत निर्णय के संभावित परिणाम महत्त्वपूर्ण हो सकते हैं, ऐसे मामलों में आपको धीमा होने, ज़्यादा जानकारी एकत्र करने और समय लगाने की ज़रूरत होती है।

नियम यह है कि अगर निर्णय लेना आवश्यक नहीं है, तो निर्णय ना लेना आवश्यक है - कम से कम हाल-फ़िलहाल। नवीनतम शोध बताता है कि आप जानकारी एकत्र करने और निर्णय लेने की अवस्था के बीच जितना ज़्यादा समय लगाते हैं, आपका निर्णय उतना ही बेहतर होता है। इसलिए किसी भी तरह के महत्त्वपूर्ण निर्णय लेने में हमेशा यथासंभव विलंब करें। अंततः आपका निर्णय उस निर्णय से हमेशा श्रेष्ठ होगा, जो धीमी सोच के बिना किया जाएगा।

निर्णय लेने के बाद ज़िम्मेदारी सौंपें, डेडलाइन तय करें और फ़ॉलो अप करें। आप अपने रास्ते पर हैं। यह आपका काम है। आपको निर्णय लेने के लिए ही वेतन मिलता है।

अपने नुक़सान को कम करें

समस्या सुलझाने और निर्णय लेने के संबंध में एक अंतिम बिंदु है कि हर मामले में आप वह सर्वश्रेष्ठ निर्णय लेते हैं, जो आप उस पल अपने पास मौजूद जानकारी के आधार पर ले सकते हैं। अगर आपको नई जानकारी मिलती है, जिससे स्थिति बदल जाती है, तो अपने नुक़सान को कम करने और नया निर्णय लेने के लिए तैयार रहें।

तुर्की की एक कहावत है, "आप ग़लत मार्ग पर चाहे कितनी ही दूर क्यों ना चले गए हों, मुड़ जाएँ।"

जब आप इन सिद्धांतों का अभ्यास करते हैं, तो आप समस्या सुलझाने और निर्णय लेने में बेहतर हो जाएँगे। और जैसा हेनरी किसिंजर ने कहा था, "आपको समस्याएँ सुलझाने का जो एकमात्र पुरस्कार मिलता है, वह है सुलझाने के लिए और भी ज़्यादा बड़ी समस्याएँ।"

सबसे सफल लोग, जिन्हें सबसे ज़्यादा वेतन और संगठन के सर्वोच्च पदों पर सबसे तेज़ी से तरक्क़ी दी जाती है, वही लोग हैं, जिन्होंने अपने स्तर पर आने वाली हर समस्या को सुलझाने की योग्यता साबित कर दी है। उन समस्याओं का इस्तेमाल पायदानों के रूप में करके वे ज़्यादा ऊँचे मुक़ाम पर पहुँच गए हैं। और आप भी ऐसा ही कर सकते हैं।

16

कामकाज की बाधाओं को हटाएँ

आप अपने व्यावसायिक या व्यक्तिगत जीवन में जो भी चीज़ हासिल करना चाहते हैं, उसके और आपके बीच हमेशा बाधाएँ व अवरोध रहेंगे, जिनसे या तो आपको उबरना होगा या उनके पार जाने की कोई तरकीब सोचनी होगी। जीवन में सफलता की राह में बाधाएँ हमेशा आती हैं। उनसे निपटने की योग्यता सीखी जा सकती है। यह योग्यता आपके लक्ष्य हासिल करने में जितनी मदद कर सकती है, उतनी शायद कोई दूसरी योग्यता नहीं कर सकती।

लक्ष्य निर्धारण कार्यक्रमों में मैं हमेशा यह प्रश्न पूछता हूँ, "एक बार जब आप अपने लक्ष्य तय कर लेते हैं, तो वे तमाम बाधाएँ कौन सी हैं, जो इस वक़्त आपके लक्ष्यों और आपके बीच खड़ी हैं?"

इस प्रश्न को पूछने का दूसरा तरीक़ा यह है, "आप इसी समय अपने लक्ष्य पर क्यों नहीं पहुँचे हैं? आपको कौन सी चीज़ रोक रही है?"

लोग अक्सर किसी लक्ष्य को कार्य समझने की ग़लती कर बैठते हैं। वे कहते हैं, "मेरे पास हर दिन की लक्ष्य सूची रहती है" लेकिन यह

लक्ष्य सूची नहीं है। यह तो सिर्फ़ 'कार्यसूची' है। लक्ष्य ज़्यादा बड़ा होता है। लक्ष्य वह होता है, जिस तक पहुँचने के लिए मुश्किलों को पार करने और समस्याओं को सुलझाने की ज़रूरत होती है। लक्ष्य वह होता है, जिसे हासिल करने के लिए साहस, लगन और संकल्प की ज़रूरत होती है। यह कोई गतिविधि या 'करने वाली' चीज़ नहीं है।

अपने लक्ष्य तय करें

कामकाज में अपने सबसे महत्त्वपूर्ण लक्ष्य तय करके शुरू करें। आपको वेतन क्यों मिल रहा है? आपको किन लक्ष्यों को हासिल करने के लिए नौकरी पर रखा गया है? आप जो लक्ष्य हासिल कर सकते हैं, उनमें आपके महत्व और योगदान को तय करने वाले सबसे महत्त्वपूर्ण लक्ष्य कौन से हैं?

फिर आप पूछते हैं, "मैं इस समय तक अपने लक्ष्य पर क्यों नहीं पहुँच पाया हूँ? किस चीज़ ने मुझे पीछे रोक रखा है?"

अवरोधों का सिद्धांत

प्रबंधन परामर्शदाता एलियाहू गोल्ड्रैट ने अपनी पुस्तक *द गोल* में अवरोधों का सिद्धांत सबसे पहले दिया था। यह प्रबंधन की संभवतः सबसे क्रांतिकारी अवधारणाओं में से एक है। उनका विचार सरल है, लेकिन आपके लिए क्रांतिकारी हो सकता है।

गोल्ड्रैट ने कहा था कि आप जहाँ हैं और आप जहाँ पहुँचना चाहते हैं, उसके बीच एक मार्ग होता है, जिस पर आपको चलना होता है, लेकिन इस राह पर एक रोधक बिंदु या अवरोध होता है, जो यह तय करता है कि आप अपने लक्ष्य को कितनी तेज़ी से हासिल कर सकते हैं।

मुख्य प्रश्न यह है, "कौन सा एक घटक इस ख़ास लक्ष्य को पाने की मेरी गति को तय करता है?"

बिक्री करने वाली कंपनियों के साथ काम करते वक़्त हम पाते हैं कि लगभग हर कंपनी का पहला लक्ष्य ज़्यादा बिक्री होता है। तब हम यह कहकर समस्या या अवरोध को परिभाषित करते हैं, "हमारी बिक्री पर्याप्त ज़्यादा नहीं है।"

लेकिन और कौन सी चीज़ समस्या है? हमने पाया है कि किसी कंपनी की बिक्री पर्याप्त ज़्यादा ना होने के कुल मिलाकर इक्कीस कारण हो सकते हैं। और ज़्यादातर मामलों में कंपनियाँ ग़लत समस्या को सुलझाने के लिए बहुत व्यस्तता से सक्रिय होती हैं। वे असली अवरोध या समस्या पर तो ध्यान ही नहीं देती हैं।

80/20 नियम का दोबारा अवलोकन

जो घटक या अवरोध आपको अपने लक्ष्य हासिल करने से रोक रहे हैं, उनके मामले में भी 80/20 का नियम लागू होता है। आप किसी ख़ास लक्ष्य को हासिल करने में सफल क्यों नहीं हो पाए हैं, उसके 80 प्रतिशत कारण आपकी कंपनी या आपके अंदर होते हैं। केवल 20 प्रतिशत अवरोध बाहरी होते हैं और बाज़ार, प्रतिस्पर्धा या अन्य घटकों से ताल्लुक़ रखते हैं।

इसलिए अपने अवरोधों को पहचानने और दूर करने का शुरुआती बिंदु यह प्रश्न पूछना है, "*मुझमें* ऐसा क्या है, जो मुझे पीछे रोक रहा है?"

जब आप ख़ुद में या अपनी कंपनी में कारणों की तलाश शुरू करते हैं, तो आपको अक्सर सटीकता से पता चल जाएगा कि आप वे लक्ष्य क्यों हासिल नहीं कर रहे हैं, जो आपने ख़ुद के लिए तय किए हैं।

व्यक्तिगत अवरोधों को पहचानें

मैनेजर के रूप में आपका एक बहुत महत्त्वपूर्ण काम इस क्षेत्र में कर्मचारियों की मदद करना है कि वे उस मुख्य अवरोध को पहचान लें,

जो उन्हें उनके सबसे महत्त्वपूर्ण परिणाम हासिल करने से रोक रहा है। चाहे वह अवरोध निर्देशों, संसाधनों, सुविधाओं, पैसे, समय या किसी दूसरी चीज़ का अभाव हो, मैनेजर के रूप में यह आपका दायित्व है कि आप उस बाधा या अवरोध को हटाने में कर्मचारियों की यथासंभव मदद करें, ताकि वे अपने सर्वश्रेष्ठ स्तर पर प्रदर्शन कर सकें।

जब आप मुख्य अवरोध को परिभाषित कर लें, तो अपना सारा समय और ध्यान सफलता के उस अवरोध या सीमित करने वाले घटक पर केंद्रित कर लें। उस एक तत्व, उस एक अवरोध पर एकाग्र मानसिकता से ध्यान केंद्रित रखें और बाक़ी हर चीज़ को भूल जाएँ। एक बार जब आप अपने सबसे बड़े अवरोध या बाधा को हटा या घटा लेते हैं, तो आप इतनी तेज़ी से इतनी ज़्यादा प्रगति करने लगेंगे, जितनी किसी दूसरी गतिविधि से नहीं कर सकते।

17

रोल मॉडल बनें

अपनी कंपनी में आपके सबसे महत्त्वपूर्ण योगदानों में से एक है अपने स्टाफ़ का रोल मॉडल बनना। आपको ऐसा इंसान बनने की कोशिश करनी चाहिए, जिसके प्रति लोग आकर्षित हों, जिसकी लोग प्रशंसा करें और जिसके जैसा लोग बनना चाहें।

उत्कृष्ट मैनेजर जानते हैं कि उनका स्टाफ़ उन्हें लगातार देख रहा है। वे जानते हैं कि उनका व्यवहार ही पूरे कामकाजी यूनिट के पैमाने तय कर रहा है। याद रखें, आप जिस तरह काम करते हैं, आपके कर्मचारी भी उसी तरह काम करेंगे। अगर आप चाहते हैं कि कर्मचारी सुबह जल्दी आएँ, तो आपको जल्दी आना होगा। अगर आप चाहते हैं कि वे समय के पाबंद हों, तो आपको भी समय की पाबंदी की आदत डालनी होगी। अगर आप चाहते हैं कि वे उनके कामों को प्राथमिकता दें, तो आपको पहले अपने कामों को प्राथमिकता देनी होगी। अगर आप चाहते हैं कि वे अपने समय का अच्छा इस्तेमाल करें, तो आपको पहले अपने समय का अच्छा इस्तेमाल करना होगा।

पैमाना तय करें

आपकी कंपनी या विभाग अंततः आपके ही नज़रियों, आदर्शों, विचारों, व्यवहारों और आदतों को अपनाने वाला है। रैल्फ़ वॉल्डो एमर्सन ने कहा था, "हर संगठन सिर्फ़ एक इंसान की लंबी छाया है।" आप कभी यह उम्मीद नहीं कर सकते कि आपकी कंपनी के लोग आपसे ज़्यादा अलग या बेहतर होंगे।

पूछने के लिए एक बेहतरीन सवाल यह है, "यह कंपनी कैसी कंपनी होगी, अगर इसका हर व्यक्ति ठीक मेरे जैसा हो?"

जब आप यह प्रश्न बार-बार पूछते हैं और इसका जवाब देते हैं, तो आपको वे क्षेत्र दिख जाएँगे, जहाँ आप बेहतर बन सकते हैं। आपको समझ आ जाएगा कि आप बेहतर मैनेजर व बेहतर इंसान कैसे बन सकते हैं।

ख़ुद के लिए ज़्यादा ऊँचे पैमाने तय करना और फिर उन्हें ज़्यादा ऊपर उठाते जाना आप ही पर निर्भर करता है।

मुखिया का अकेलापन

जब आप स्टाफ़ के सदस्य होते हैं, तो आप "चैन से रह सकते हैं।" आप सहकर्मियों से गपशप कर सकते हैं, कंपनी या दूसरे कर्मचारियों-अधिकारियों के बारे में बड़बड़ा सकते हैं, लंबे लंच ले सकते हैं और देर से ऑफ़िस में आकर वहाँ से जल्दी जा सकते हैं।

लेकिन जब आप मैनेजर या लीडर बन जाते हैं, तो हर चीज़ बदल जाती है। अब आप गैंग के सदस्य नहीं हैं। आपकी बुनियादी निष्ठा सहकर्मियों के प्रति नहीं, बल्कि वरिष्ठ अधिकारियों के प्रति हो जाती है। आपसे अपने हर अधीनस्थ के लिए पैमाने तय करने की उम्मीद की जाती है।

यहाँ आपके लिए एक अभ्यास है : आदर्श कर्मचारी की कामकाजी आदतों और व्यवहारों की एक सूची बनाएँ। अगर आपके सभी कर्मचारी आदर्श होते, तो वे कैसे काम करते, चलते, बात करते और एक-दूसरे के साथ व्यवहार करते?

फिर उन सभी व्यवहारों की एक सूची बनाएँ, जो आप *व्यक्तिगत रूप से* कर सकते हैं, ताकि आप उन व्यवहारों की मिसाल बन जाएँ, जिन्हें आप दूसरों में सबसे ज़्यादा देखना चाहते हैं। नियमित रूप से इन व्यवहारों की समीक्षा करें और दूसरे लोगों के साथ अपने संपर्क में इनका अभ्यास करने के हर अवसर की तलाश करें।

जैसी कथनी, वैसी करनी

मिसाल के तौर पर, अगर आप चाहते हैं कि आपके कर्मचारी परवाह, शिष्टाचार और सम्मान के साथ एक दूसरे से पेश आएँ, तो आप स्टाफ़ के हर सदस्य के साथ संपर्क में इन तीन गुणों का अभ्यास करने का संकल्प लें। इस तरह काम करें, मानो हर कोई देख रहा है, क्योंकि हर कोई सचमुच देख रहा है।

स्टाफ़ के किसी सदस्य के बारे में ऐसी कोई बात ना कहें, जिसके बारे में आप यह ना चाहते हों कि वह कुछ ही मिनटों में स्टाफ़ के उस सदस्य को (और आपके विभाग के हर व्यक्ति को) पता चल जाए। ऑफ़िस में कोई रहस्य नहीं छिपता है। हर कर्मचारी को हर चीज़ पता चल जाती है और इतनी तेज़ी से पता चल जाती है कि आपको अंदाज़ा भी नहीं हो सकता।

अगर आप चाहते हैं कि कर्मचारियों में अच्छी कामकाजी आदतें हों, तो ख़ुद अच्छी कामकाजी आदतें डालें। अगर आप चाहते हैं कि लोग बैठकों के लिए पूरी तैयारी करके आएँ, तो हर बैठक में ख़ुद पूरी तैयारी के साथ आएँ। कल्पना करें कि आप एक टीचर हैं और अपने

रोज़मर्रा के कामकाज में आपके सभी 'विद्यार्थी' अंततः वही करने वाले हैं, जो आप करते हैं।

हर व्यक्ति जिसकी प्रशंसा और आदर करे, ऐसा रोल मॉडल बनना कंपनी के प्रति आपके सबसे महत्त्वपूर्ण योगदानों में से एक है। ऐसे ऊँचे पैमाने तय करें, जिन तक हर कर्मचारी पहुँचना चाहे।

18

समाधानों के लिए विचार मंथन करें

व्यवसाय चाहे कोई भी हो, सृजनात्मकता और नवाचार आज किसी भी कंपनी के बचे रहने के लिए अनिवार्य हैं। आपकी एक ज़िम्मेदारी यह है कि हर कर्मचारी को उसकी सृजनात्मकता के सबसे ऊँचे स्तर पर काम करने के लिए प्रोत्साहित करें। जिस कर्मचारी को सृजनात्मक तरीक़े से सोचने के लिए प्रोत्साहित किया गया हो, उसके दिमाग़ में आने वाला एक विचार अक्सर कंपनी को हज़ारों डालर की आमदनी करा सकता है, हज़ारों डॉलर बचा सकता है या कंपनी को सैकड़ों घंटे की मेहनत से बचा भी सकता है, लेकिन आपको यह कभी पता नहीं होता कि वह एक विचार कौन सा होगा, इसलिए आपको बहुत सारे विचारों को प्रोत्साहित करना होता है। उत्पन्न विचारों की संख्या और उनकी गुणवत्ता के बीच सीधा संबंध होता है।

अपनी टीम के सदस्यों की सृजनात्मकता जगाने का सबसे शक्तिशाली तरीक़ा शायद विचारमंथन का नियमित अभ्यास है। विचारमंथन की अवधारणा विज्ञापन एक्ज़ीक्यूटिव अलेक्स ओसबोर्न ने 1946 में दी थी।

तब से इसने पूरे संसार में धूम मचा दी है और इसका इस्तेमाल हर क्षेत्र की सबसे सफल हस्तियाँ और कंपनियाँ कर रही हैं।

यह अवधारणा इस तरह काम करती है : पहली बात, अपने कर्मचारियों को सप्ताह में एक या ज़्यादा बार कंपनी की समस्याओं पर विचारमंथन करने के लिए एकत्र करें, जैसे बिक्री बढ़ाना, लागत कम करना, आय बढ़ाना, व्यय कम करना और उत्पादकता को बेहतर करना आदि। किसी विचारमंथन सत्र के दौरान आप कितनी समस्याओं को सामने रख सकते हैं, उसकी कोई सीमा नहीं है।

दूसरी बात, एक विचारमंथन समूह बना लें। आदर्श समूह में चार से सात लोग होते हैं। अगर आपके पास चार से कम लोग होंगे, तो आपको पर्याप्त विचार नहीं मिलेंगे। अगर आपके समूह में सात से ज़्यादा लोग होंगे, तो कई लोगों को पूरा योगदान देने का मौक़ा ही नहीं मिलेगा।

तीसरी बात, समय सीमा तय करें। विचारमंथन सत्र की आदर्श अवधि पंद्रह से पैंतालीस मिनट तक होती है। स्टॉप वॉच या घड़ी का इस्तेमाल करके विचारमंथन सत्र को रेस की तरह शुरू करना एक अच्छा विचार है, फिर तय मिनट पर सेकंड की सुई आते ही सत्र को ख़त्म कर दें। जब शुरुआती और अंतिम समय निश्चित होता है, तो सृजनात्मकता का स्तर ऊँचा होता है और विचार ज़्यादा तेज़ी से प्रवाहित होते हैं।

चौथी बात, समस्या या लक्ष्य को स्पष्टता से परिभाषित कर लें। इसे एक व्हाइटबोर्ड, फ्लिपचार्ट या क़ागज़ पर लिख दें, ताकि हर कोई इसे देख सके, इसे पढ़ सके और उसे इस बात की स्पष्ट जानकारी हो कि आप किस प्रश्न या समस्या पर काम कर रहे हैं। यदि आवश्यकता हो, तो इस पर पहले विचार-विमर्श कर लें। इस विचार-विमर्श में आप सभी सहमत हों कि यह कोई समस्या है, जिसे सुलझाने की ज़रूरत है। किसी विचार या समाधान उत्पन्न करने से पहले उस समस्या या बाधा की परिभाषा भी तय कर लें।

पाँचवीं बात, ठोस जवाब माँगने वाला स्पष्ट प्रश्न पूछें। मिसाल के तौर पर हम अपनी बिक्री अगले नब्बे दिनों में 20 प्रतिशत से ज़्यादा कैसे बढ़ा सकते हैं? हम अगले नब्बे दिनों में इस क्षेत्र में अपनी लागत को 20 प्रतिशत कम कैसे कर सकते हैं? सर्वश्रेष्ठ प्रश्न व्यावहारिक विचार माँगते हैं। वे हर व्यक्ति को ठोस संदर्भों में सोचने और काम करने योग्य समाधान उत्पन्न करने के लिए विवश करते हैं, जिन्हें तुरंत लागू किया जा सके।

छठी बात, इस बात पर सभी सहमत हो जाएँ कि सत्र के दौरान हर व्यक्ति अपने विवेक को शिथिल रखेगा और आलोचना नहीं करेगा। कोई भी सकारात्मक या नकारात्मक टिप्पणी नहीं करेगा। विचारमंथन सत्र ख़त्म होने तक विचारों पर कोई बहस या मूल्यांकन नहीं होगा। विवेक को शिथिल रखकर आप समस्या सुलझाने के मूर्खतापूर्ण जवाबों, हास्यास्पद समाधानों और अपारंपरिक नीतियों को प्रोत्साहित करते हैं।

विचारमंथन क्रांति

अंतरिक्ष खोज के शुरुआती दिनों और चंद्र कार्यक्रम के 1950 और 1960 के दशकों में नासा के वैज्ञानिक वज़न की वजह से बहुत परेशान थे। वे रॉकेट शिप को कैसे चंद्रमा पर भेज सकते हैं, वहाँ की ज़मीन पर कैसे उतार सकते हैं और फिर चंद्रमा से उड़ाकर दोबारा पृथ्वी तक कैसे ला सकते हैं? समस्या यह थी कि रॉकेट में पृथ्वी के गुरुत्वाकर्षण को तोड़ने और चंद्रमा पर उतरने के लिए तो पर्याप्त ईंधन हो सकता था, लेकिन इसके पास चंद्रमा के गुरुत्वाकर्षण को तोड़ने और पृथ्वी पर लौटने के लिए पर्याप्त ईंधन नहीं होने वाला था।

विचारमंथन के फलस्वरूप एक ऐसा विचार उत्पन्न हुआ, जिसने अंतरिक्ष यात्रा के अगले पचास वर्षों को बदल दिया। उन्होंने कहा, “हमें पूरा रॉकेट चंद्रमा की भूमि पर उतारना ही क्यों है? हम बड़े स्पेसशिप से सिर्फ़ ‘चंद्र मॉड्यूल’ उतार देते हैं। स्पेसशिप चंद्रमा की कक्षा में परिक्रमा

करता रहेगा। बाद में छोटा चंद्र मॉड्यूल उड़कर बड़े स्पेसशिप से जुड़ जाएगा और वे दोनों पृथ्वी पर लौट आएँगे।"

पीछे पलटकर देखने पर यह एक आसान विचार लगता है, लेकिन यह आधुनिक इतिहास की सबसे महत्त्वपूर्ण वैज्ञानिक खोजों में से एक थी। और यह एक बड़ी समस्या को सुलझाने के तरीक़े खोजने के लिए सैकड़ों विचार उत्पन्न करने और 'दायरे के बाहर सोचने' का परिणाम थी।

व्यवस्थित बनें

हर विचारमंथन सत्र में आपको लीडर और रिकॉर्डर दोनों की ज़रूरत होती है। लीडर वह व्यक्ति होता है, जो हर व्यक्ति को विचारों का योगदान देने के लिए प्रोत्साहित करता है। लीडर एक व्यक्ति से दूसरे व्यक्ति तक पहुँचकर विचारमंथन सत्र को जारी रखता है। किसी को भी विचार-विमर्श पर हावी होने की अनुमति नहीं दी जाती है।

रिकॉर्डर उत्पन्न होने वाले विचारों को लिखता है। एक बार जब विचारमंथन सत्र पूरा हो जाता है, तो रिकॉर्डर लिखे हुए विचार मैनेजर को सौंप देता है, ताकि बाद में उनका मूल्यांकन किया जा सके।

जब आप कंपनी के समय में विचारमंथन सत्र आयोजित करते हैं, तो आप कर्मचारियों के सामने यह स्पष्ट कर देते हैं कि कंपनी को उनकी सोच तथा सृजनात्मक क्षमता की ज़रूरत है और यह इसका सम्मान करती है। जब आप कर्मचारियों से सृजनात्मक तरीक़े से सोचने को कहते हैं, तो वे अपने विचारों से आपको हैरान कर देंगे। आप यह देखकर चकित रह जाएँगे कि अगर मौक़ा दिया जाए और योगदान देने को कहा जाए, तो आम कर्मचारी भी कितना सृजनात्मक हो सकता है।

विचारमंथन सत्र के बाद लोग नए विचार लेकर लगातार आपके पास आएँगे, जो काम करते समय अचानक उनके दिमाग़ में आ गए थे। जब आप अपने स्टाफ़ के सदस्यों की सृजनात्मकता को प्रेरित करने की

आदत डाल लेते हैं, तो वे दिनभर सृजनात्मक तरीक़े से सोचने लगेंगे। और कई बार तो एक अच्छा विचार ही आपकी कंपनी के पूरे भविष्य को बदल सकता है।

19

किसी पेशेवर की तरह सौदेबाज़ी करें

सभी अच्छे मैनेजर सौदेबाज़ी में माहिर होते हैं। मैनेजर आमतौर पर विरोधी हितों और दृष्टिकोणों की सौदेबाज़ी की सतत प्रक्रिया में संलग्न रहते हैं। सारा कामकाजी जीवन 'अलग-अलग लोगों के लिए अलग-अलग नीति' है।

जब आप अपने लिए या अपनी कंपनी की तरफ़ से सौदेबाज़ी कर रहे हों, तो एक प्रक्रिया का अनुसरण करके आप यह सुनिश्चित कर सकते हैं कि आपको तथा आपकी कंपनी को सर्वश्रेष्ठ सौदा मिले।

प्रक्रिया का अनुसरण करें

सबसे पहले, सौदेबाज़ी में जाने से पहले यह सोचने में थोड़ा समय लगाएँ कि अगर यह सौदेबाज़ी आदर्श ढंग से पूरी हो जाए, तो आपके लिए आदर्श समाधान क्या होगा।

इसमें शामिल घटकों या निर्णयों के बारे में सोचने वाले व्यक्ति को बहुत सारे विकल्प दिख जाते हैं। उसे स्पष्टता से पता होता है कि आदर्श दृष्टि से क्या हासिल होना चाहिए। ऐसा विचारशील मैनेजर उस व्यक्ति से बहुत लाभकारी स्थिति में होता है, जो सोच-विचार किए बिना

ही सौदेबाज़ी करने पहुँच जाता है। सौदेबाज़ी के क्षेत्र में कम से कम 80 प्रतिशत सफलता तैयारी में निहित होती है।

जब किसी महत्त्वपूर्ण सौदेबाज़ी में बहुत ज़्यादा पैसा दाँव पर हो या आपकी कंपनी के लिए बड़े परिणाम हो सकते हों, तो 'बहुत ज़्यादा तैयारी' जैसी कोई चीज़ नहीं होती। क़ागज़ पर सोचने का समय निकालें। सामने वाले पक्ष से मिलने से पहले बिंदुवार लिख लें कि आप सटीकता से क्या चाहते हैं।

दूसरे पक्ष की तरफ़ से पहले तैयारी करें

एक बार जब आप अपने आदर्श मनचाहे परिणाम के बारे में स्पष्ट हो जाएँ, तो 'तैयारी की वकीलों वाली प्रणाली' का इस्तेमाल करें। सामने वाला पक्ष इस सौदेबाज़ी से क्या हासिल करना चाहता है, उस हर चीज़ की सूची बना लें। जिस तरह वकीलों को प्रशिक्षित किया जाता है कि वे अपनी ख़ुद की दलील तैयार करने से पहले विपक्षी वकील की दलील तैयार करें, उसी तरह आपको भी सौदेबाज़ी की तैयारी करनी चाहिए। ख़ुद को उनकी जगह पर रखें और उनकी स्थिति या माँगों पर सोचें।

आपके साथ काम करना आसान होना चाहिए

सौदेबाज़ी में उत्कृष्ट साझेदार बनने का संकल्प लें। सर्वश्रेष्ठ सौदेबाज़ सौहार्दपूर्ण, दोस्ताना, शांत, शिष्ट और मददगार होते हैं। वे सौदेबाज़ी में समकक्ष व्यक्तियों के साथ सम्मान और विनम्रता से व्यवहार करते हैं। वे एक कप कॉफ़ी या एक गिलास पानी देकर सामने वाले पक्ष को आरामदेह बनाने और मित्रतापूर्ण रहने की पूरी कोशिश करते हैं।

आपको किसी सौदेबाज़ी में सर्वश्रेष्ठ संभव सौदा मिले, यह सुनिश्चित करने के सबसे शक्तिशाली घटकों में से एक है 'पसंद किया जाना'। सामने वाला व्यक्ति आपको जितना ज़्यादा पसंद करता है, वह आपसे उतना ही ज़्यादा प्रभावित होता है, यहाँ तक कि वह सौदेबाज़ी में आपको

ख़ुश करने के लिए कई रियायतें भी दे सकता है।

आपने सख़्त सौदेबाज़ी के बारे में जो भी पढ़ा या सुना है, उसे भूल जाएँ। यह केवल फ़िल्मों में ही कारगर होता है। यदि आप किसी सौदेबाज़ी में मुश्किलें खड़ी करते हैं या बहुत ज़्यादा माँगें करते हैं, तो काफ़ी ज़्यादा संभावना है कि सामने वाला पक्ष चर्चा को ख़त्म कर देगा या उठकर बाहर चला जाएगा। अगर कोई किसी सौदेबाज़ी में आपके लिए मुश्किलें खड़ी करता है, तो तनावरहित व ख़ुशनुमा बनने का संकल्प लें और सामने वाले के शांत होने का इंतज़ार करें।

परस्पर लाभप्रद समाधान की कोशिश करें

सौदेबाज़ी के आदर्श परिणाम को परस्पर लाभ की स्थिति कहा जाता है। इसमें दोनों ही पक्षों को यह महसूस होता है कि उन्हें अच्छा सौदा मिला है। दोनों ही पक्ष महसूस करते हैं कि वे किसी तरह से जीत गए हैं। कोई भी पक्ष सौदेबाज़ी के परिणाम से असंतुष्ट या नाख़ुश होकर नहीं जाता है।

याद रखें, कारोबारी सौदेबाज़ी का उद्‌देश्य ऐसे अनुबंध में दाख़िल होना है, जहाँ दोनों पक्ष उस परिणाम से पर्याप्त ख़ुश हों, ताकि वे सौदेबाज़ी में किए गए वादे निभाएँ और भविष्य में भी उस पक्ष के साथ सौदेबाज़ी करने को तैयार रहें।

दीर्घकालीन सोच रखें

व्यक्तिगत रूप से मेरे अनेक व्यावसायिक संबंध रहे हैं, जिनमें सौदेबाज़ी शामिल रही है और यह पच्चीस साल से भी ज़्यादा समय से हो रहा है। चूँकि मैंने इतने वर्षों में हमेशा तैयारी की है और न्यायपूर्ण रहा हूँ तथा मैंने परस्पर लाभ की इच्छा है, इसलिए मैं उन्हीं पक्षों के साथ मिलियनों डॉलर मूल्य की सौदेबाज़ी कर सकता हूँ। मैं बिना तनाव या दबाव के इन पक्षों के साथ आज भी व्यवसाय करता हूँ। यह आपका भी लक्ष्य होना चाहिए।

जब आप कोई सौदेबाज़ी शुरू करते हैं, तो आपको सबसे पहले तो सटीकता से यह पता लगाना चाहिए कि सामने वाला क्या चाहता है और महत्व के किस क्रम में चाहता है, फिर आप अपनी मनचाही चीज़ सामने वाले को अपने महत्व के क्रम में बताते हैं।

चार का नियम

सौदेबाज़ी में चार के नियम को याद रखें। यह नियम बताता है कि किसी भी सौदेबाज़ी में आमतौर पर सिर्फ़ चार मुख्य मुद्दे होते हैं, जिन्हें सुलझाना होता है। एक बड़ा मुद्दा होता है और तीन छोटे मुद्दे होते हैं। सौदेबाज़ी के जारी रहने का कारण यह है कि हर पक्ष के लिए अलग-अलग मुद्दा महत्त्वपूर्ण होता है। हर पक्ष किसी एक शर्त पर ज़्यादा ज़ोर देता है और तीन अन्य शर्तों पर कम ज़ोर देता है और वे हर पक्ष के हिसाब से अलग-अलग होती हैं।

दोबारा सौदेबाज़ी के लिए तैयार रहें

दीर्घकालीन संभावित परिणाम वाली शर्तों के साथ सौदेबाज़ी करना एक और क्षेत्र है, जिसमें 'धीमी सोच' की ज़रूरत होती है, क्योंकि तभी आप सर्वश्रेष्ठ सौदा कर सकते हैं। यह भी याद रखें कि कोई भी सौदेबाज़ी कभी अंतिम नहीं होती। यदि नई जानकारी आने या परिस्थितियों के बदलने की वजह से आपको लगता है कि आपने बुरा सौदा कर लिया है (या अगर सामने वाले पक्ष को लगता है कि उसने बुरा सौदा कर लिया है), तो सौदेबाज़ी को दोबारा खोलने और शर्तों को इस तरह दोबारा तय करने के लिए तैयार रहें, ताकि दोनों पक्ष अनुबंध से ख़ुश बने रहें। जब दोनों पक्ष अनुबंध से ख़ुश होते हैं और ख़ुश बने रहते हैं, तो वे सौदेबाज़ी को सफल बनाने के लिए मिलकर काम करेंगे और वे भविष्य में भी सफल सौदेबाज़ी में दाख़िल होंगे।

20

संवाद में स्पष्टता

प्रबंधन में 85 प्रतिशत सफलता इस बात पर निर्भर करती है कि मैनेजर में दूसरों के साथ प्रभावी संवाद करने की कैसी योग्यता है। सभी संबंधों में, चाहे वे कारोबारी हों या निजी, लगभग सारी समस्याएँ संवाद की समस्याएँ होती हैं।

आपको शायद यह अनुभव हुआ होगा कि कोई व्यक्ति काफ़ी देर तक किसी प्रॉडक्ट, सेवा, समस्या या कार्य की दिशा के बारे में बातचीत करता रहा, लेकिन उसके बाद भी आपको पता नहीं था कि वह किस बारे में बात कर रहा था। इसीलिए स्पष्टता संवाद में इतनी महत्त्वपूर्ण होती है। आपको इस बारे में पूरी तरह स्पष्ट होना चाहिए कि आप क्या कहना चाहते हैं और फिर आपको इसे स्पष्ट तरीक़े से कहना या सामने वाले तक संप्रेषित भी करना चाहिए।

संवाद की प्रक्रिया

संवाद में एक प्रक्रिया घटित होती है। शुरुआत में आप एक विचार सोचते हैं, जिसका आप शब्दों में अनुवाद करते हैं और सामने वाले से कहते हैं। सामने वाला शब्द सुनता है, आपके अर्थ का अनुवाद करता है और

फिर जवाब देता है। शब्द ध्वनियाँ हैं, जो रेडियो तरंगों की तरह हवा से होकर गुज़रती हैं और आपके मस्तिष्क तक पहुँचती हैं, जहाँ आप उन्हें सोखते हैं, उनके अर्थ का अनुवाद करते हैं और फिर जवाब देते हैं।

संवाद की इस प्रक्रिया में ग़लतफ़हमी के बहुत मौक़े रहते हैं। आप किसी ऐसे शब्द का इस्तेमाल कर सकते हैं, जिससे सामने वाले में आपकी उम्मीद से भिन्न प्रतिक्रिया उत्पन्न हो जाए। आप किसी ऐसे शब्द का इस्तेमाल कर सकते हैं, जिसका सुनने वाले व्यक्ति के लिए कुछ अलग मतलब निकलता है। आप किसी शब्द का ग़लत उच्चारण कर सकते हैं, जिससे 'अर्थ का अनर्थ' या अनुवाद में उलझन हो सकती है।

जब सामने वाला आपका संदेश सुनता है, तो वह इसका अनुवाद आपकी कही बात से भिन्न अर्थ में कर सकता है। आपकी शब्दों की प्रतिक्रिया में सामने वाला जो कहता है, उसका मतलब उससे भिन्न हो सकता है, जो आपने सुना है। कमरे में शोर-शराबा या भटकाव हो सकता है, कोई अंदर या बाहर चलकर जा सकता है या कार पास से गुज़र सकती है। ये सभी चीज़ें संवाद के प्रवाह को तोड़ सकती हैं और वक्ता या श्रोता का ध्यान भटका सकती हैं।

अन्यमनस्कता संवाद को विकृत करती है

संवाद में विकार कई कारणों से उत्पन्न हो सकता है, जैसे कोई व्यक्ति उस सुबह अपनी पत्नी के साथ हुई लड़ाई के बारे में सोचने लगे, ऑफ़िस आते समय ट्रैफ़िक पुलिस के बनाए चालान के बारे में सोचने लगे, अपने बॉस द्वारा कुछ मिनट पहले कही बातों के बारे में सोचने लगे और आने वाली किसी बैठक के बारे में सोचने लगे, जिसके लिए वह तैयार नहीं है। 'शोर' के ये सभी प्रकार ग़लतफ़हमियों की ओर ले जा सकते हैं।

यदि संवाद में पहला नारा *स्पष्टता* है, तो दूसरा *धैर्य* होना चाहिए। धीरे-धीरे संवाद करने का समय लें और फिर दोबारा जाँच करके यह

सुनिश्चित करें कि आपने जो कहा था, वही सामने वाले ने सुना है और सामने वाले ने जो कहा था, वही आपने सुना और समझा है।

संवाद के तीन साधन

मैनेजरों के पास संवाद के तीन साधन होते हैं : लिखित शब्द, आमने-सामने की बातचीत और कई लोगों के सामने प्रस्तुति।

आपको संवाद के इन तीनों क्षेत्रों में उत्कृष्ट बनना चाहिए।

सबसे पहले तो अच्छी तरह लिखना सीखें। व्यावसायिक लेखन पर कई उत्कृष्ट कोर्स हैं, जो किसी भी बुद्धिमान व्यक्ति को सिर्फ़ एक या दो दिन की वर्कशॉप के भीतर उत्कृष्ट लेखक बना सकते हैं। लिखित संवाद के लिए स्पष्टता, संक्षिप्तता, सरलता और सटीकता की ज़रूरत होती है। सीखने और अभ्यास करने से आपकी लिखने की योग्यताएँ बेहतर बन सकती हैं। उत्कृष्ट पत्र या प्रस्ताव लिखने की आपकी योग्यता आपके करियर और आपके प्रभाव को भी बहुत तेज़ी से बढ़ा सकती है।

दूसरे, यह सीखें कि आमने-सामने संवाद कैसे किया जाता है। सौदेबाज़ी की तरह ही व्यक्तिगत संवाद में भी तैयारी ही सफलता की कुंजी है। अपने संदेश को पहले से पूरी तरह तैयार करें। हमेशा इस प्रश्न के जवाब के बारे में सोचते रहें, “इसमें सामने वाले व्यक्ति के लिए क्या है?”

लोग आपके नहीं, अपने कारणों से काम करते हैं। अगर आप दूसरे लोगों को प्रभावित करना चाहते हैं और उनसे अपना मनचाहा काम कराना चाहते हैं, तो आपको कोई ऐसी चीज़ देनी होगी, जिसे वे चाहते हैं या जिसकी उन्हें ज़रूरत होती है और जिसके लिए वे त्याग करने को तैयार होते हैं।

सभी शीर्ष मैनेजर विचार बेचने में माहिर होते हैं। हमेशा अपने विचार लाभ के रूप में पेश करें - यानी, सामने वाले के जीवन और

कामकाज में बेहतरी के संदर्भ में और परिणामों को बेहतर, ज़्यादा तेज़ और ज़्यादा आसान बनाने के संदर्भ में।

खड़े होकर बोलना सीखें

तीसरे, यह सीखें कि किसी श्रोता समूह के सामने खड़े होकर प्रभावी प्रस्तुति कैसे देनी है। 'खड़े होकर बोलने' की योग्यता उन सबसे अहम योग्यताओं में से एक है, जो आप एक्ज़ीक्यूटिव के रूप में विकसित कर सकते हैं, भले ही शुरुआत में आपको सार्वजनिक संभाषण से दहशत होती हो।

आप टोस्टमास्टर्स इंटरनेशनल के सदस्य बन सकते हैं और साप्ताहिक बैठकों में जा सकते हैं। आप डेल कारनेगी कोर्स कर सकते हैं, जहाँ चौदह सप्ताह में आप यह सीख लेंगे कि खड़े होकर भाषण देने में सक्षम और आत्मविश्वासी कैसे बनें। आप पेशेवर के तौर पर भाषण देने का कोई कोर्स भी कर सकते हैं या किसी सेमिनार में भी जा सकते हैं।

जब आप सीख लेते हैं कि अच्छी तरह कैसे बोलना है और बैठकों में अच्छी प्रस्तुति कैसे देनी है, कंपनी के भीतर भी और कंपनी के बाहर भी, तो आप हैरान रह जाएँगे कि यह योग्यता आपके करियर में कितनी ज़्यादा मदद करेगी।

नए विचार धीरे-धीरे प्रस्तुत करें

जब भी आप दूसरों को कोई नया विचार बताएँ, तो प्रतिरोध की उम्मीद करें। तेज़ी से आक्रामक होने और इस बात पर ज़ोर देने से बात नहीं बनेगी कि लोग तुरंत ही कोई अलग चीज़ करें। इसके बजाय उनके आपकी बात मानने की ज़्यादा संभावना तब होगी, जब आप यह काम धीरे-धीरे करेंगे।

अपना नया विचार पेश करते समय इस तरह की बात कहें, "मैं सोच रहा हूँ कि एक तरीक़े से हम अपने कामकाज को बेहतर बना सकते हैं। मेरे मन में पैसे बचाने या लागत कम करने के कुछ विचार आए हैं। आपको यह कैसा लगता है?"

जब भी आप कोई विचार अनिश्चित अंदाज़ में पेश करते हैं, मानो यह आपके दिमाग़ में अभी-अभी आया है और आप दूसरों की राय या विचारों में रुचि रखते हैं, तो आप ग़ौर करेंगे कि लोगों का प्रतिरोध कम हो जाता है और आपसे प्रभावित होने के प्रति उनका खुलापन बढ़ जाता है।

72 घंटे का नियम

कई साल पहले मैंने एक छोटी पुस्तक पढ़ी थी, जिसका शीर्षक था *टाइम आउट फ़ॉर मेंटल डाइजेशन*। पुस्तक में बताया गया था कि लोगों को किसी नए विचार पर मन बनाने के लिए लगभग 72 घंटे की ज़रूरत होती है। यदि आप कोई नया विचार पेश करते हैं और तुरंत प्रतिक्रिया माँगते हैं, तो लोग लगभग हमेशा प्रतिरोध करेंगे या इंकार कर देंगे, लेकिन अगर आप किसी विचार को पेश करते हैं और लोगों को इसके बारे में सोचने के लिए तीन दिन या इससे ज़्यादा समय देते हैं, तो वे अक्सर आपको कई सुझाव बता देंगे, जिनकी मदद से आप अपने शुरुआती विचार को सफल बना सकते हैं।

प्रभावी संवाद की कुंजी यह है कि हमने जिन तीन तरीक़ों के बारे में बात की है, उनसे आप अपना संदेश पहुँचाने में बेहद उत्कृष्ट बनने का निर्णय लें : लिखित संवाद, व्यक्तिगत (आमने-सामने का) संवाद और श्रोतासमूह के सामने प्रस्तुतियाँ। संप्रेषण की सभी योग्यताएँ सीखी जा सकती हैं। आप चाहे कहीं से भी शुरू कर रहे हों, आप प्रभावी ढंग से संवाद करने में उत्कृष्ट बन सकते हैं और दूसरों को सहयोग देने के लिए भी प्रभावित कर सकते हैं।

21

व्यक्तिगत उत्कृष्टता हासिल करें

आप जो सबसे महत्त्वपूर्ण चीज़ें करते हैं, उनमें व्यक्तिगत रूप से उत्कृष्ट बनने का समर्पण आपके करियर को जितना ज़्यादा प्रभावित करेगा, उतना शायद जीवन भर कोई दूसरी चीज़ नहीं करेगी।

हर संगठन में शिखर पर पहुँचने के दो रास्ते होते हैं। एक रास्ता है कार्य-संपादन के ज़रिये। दूसरा रास्ता है राजनीति के जरिये। मैकियावेली और प्रबंधन पर किए गए शोध दिखाते हैं कि अगर आप राजनीति के ज़रिये शिखर तक पहुँचने की कोशिश करते हैं, तो अपने करियर में किसी ना किसी समय आप पटरी से उतर जाएँगे।

डैन कैनेडी कहते हैं, "सफलता की सीढ़ी पर चढ़ते समय सावधान रहें कि आप किस पर पैर रखकर ऊपर चढ़ रहे हैं, क्योंकि जब आप नीचे आएँगे, तो वे खंजर निकालकर आपका इंतज़ार कर रहे होंगे।"

कार्य-संपादन पर ध्यान केंद्रित करें

जब आप कामकाज में उत्कृष्ट प्रदर्शन के आधार पर शिखर तक पहुँचने का निर्णय लेते हैं, तो संगठन का लगभग हर व्यक्ति आपकी मदद करेगा, आपसे ऊपर के लोग - आपके वरिष्ठ अधिकारी - आपके स्तर के लोग और आपके अधीनस्थ भी। आज ही सबसे अच्छा मैनेजर बनने का संकल्प लें, जो आप बन सकते हैं।

उत्कृष्टता के प्रति समर्पण से कम कोई भी चीज़ अचेतन रूप से औसत को स्वीकार करना है। जैसा बास्केटबॉल कोच पैट राइली ने कहा है, "अगर आप बेहतर नहीं बन रहे हैं, तो आप बदतर बन रहे हैं।"

औसत प्रदर्शन लगभग हर एक के लिए 'डिफ़ॉल्ट सेटिंग' या स्वचालित आदत है। इस स्वचालित आदत से उबरने के लिए आपको अपने काम में सर्वश्रेष्ठ बनने का संकल्प लेना चाहिए। इसके अलावा, आपको अपने अधीन काम करने वाले हर व्यक्ति के लिए उत्कृष्टता के पैमाने तय कर देने चाहिए। गुणवत्तापूर्ण काम को प्रोत्साहित करें, पुरस्कृत करें और प्रशंसा करें। जिन लोगों को आपके अधीन रखा गया है, आपका मूल्यांकन हमेशा उनके काम की गुणवत्ता के आधार पर ही किया जाएगा।

सफलता का जश्न मनाएँ

ज़्यादा गुणवत्ता को प्रोत्साहित करने के लिए सफलता और उपलब्धि का जश्न मनाएँ। पुरस्कार और इनाम दें। लोगों को कोई चीज़ सही करते देखें। जब भी कर्मचारी साधारण से हटकर कोई चीज़ करें, तो उनकी प्रशंसा करें। जैसा एक गीत में कहा गया है, "छोटी-छोटी चीज़ों के मतलब बड़े होते हैं।"

सबसे महत्त्वपूर्ण बात, मिसाल देकर नेतृत्व करें। ख़ुद को अपने विभाग, यूनिट या कंपनी के पैमानों का ध्वज-वाहक मानें। जब आप ख़ुद

को रोल मॉडल और मिसाल मानते हैं, जिसका दूसरे अनुसरण करेंगे, तो आप अपनी कंपनी और जीवन में नेतृत्व के उच्च मार्ग पर पहुँच जाते हैं।

निरंतर और कभी ना ख़त्म होने वाली बेहतरी के प्रति समर्पित हो जाएँ। हर दिन अपने क्षेत्र में पढ़ें और सीखें। अतिरिक्त कोर्स और सेमिनार करें। अपनी कार में और अपने स्मार्टफ़ोन पर ऑडियो प्रोग्राम सुनें। कभी सीखना और विकास करना ना छोड़ें, जब तक कि आप अपने कारोबार में सर्वश्रेष्ठ मैनेजर ना बन जाएँ।

निष्कर्ष

सफल मैनेजर पैदा नहीं होते, बल्कि बनते हैं। वे ख़ुद पर लगातार मेहनत करके ख़ुद को लीडर बनाते हैं। हर व्यक्ति तलहटी से शुरू करता है और फिर लंबे समय तक कड़ी मेहनत करके ऊपर का रास्ता तय करता है।

आप एक उत्कृष्ट मैनेजर बन सकते हैं, बशर्ते आप दूसरे सफल मैनेजरों के व्यवहार, तरीक़ों और तकनीकों को सीखें और उनका अभ्यास करें। दूसरे सफल लोग जो करते हैं, अगर आप भी वही करते हैं, तो आपको भी जल्दी ही वे परिणाम मिलने लगेंगे, जो दूसरे सफल लोगों को मिलते हैं।

इस पुस्तक में शामिल विचार और रणनीतियाँ छोटी-बड़ी कंपनियों में तीस साल से ज़्यादा के शोध और अनुभव पर आधारित हैं। अगर आपको लगता है कि आपके पास इन इक्कीस क्षेत्रों में से किसी एक में भी बेहतर बनने की गुंजाइश है, तो इसी समय - आज ही - इसके बारे में कुछ करने का संकल्प लें। कोई पुस्तक पढ़ें, सेमिनार में जाएँ, किसी ऑडियो प्रोग्राम को सुनें या उन लोगों से सलाह लें, जिनका आप सम्मान व प्रशंसा करते हैं। ख़ुद को सतत स्व-सुधार के प्रति इस तरह समर्पित कर दें, मानो आपका पूरा भविष्य इसी पर निर्भर करता हो, क्योंकि यह सचमुच निर्भर करता है।

लेखक के बारे में

ब्रायन ट्रेसी पेशेवर वक्ता, प्रशिक्षक, सेमिनार लीडर और परामर्शदाता तथा ब्रायन ट्रेसी इंटरनेशनल के चेयरमैन हैं, जो सोलाना बीच, कैलिफ़ोर्निया स्थित एक प्रशिक्षण व परामर्शदात्री कंपनी है।

ब्रायन ने अपने ख़ुद के दम पर सफलता हासिल की। 1981 में व्याख्यानों तथा सेमिनारों के ज़रिये उन्होंने पूरे अमेरिका में वे सिद्धांत सिखाए, जिन्हें उन्होंने बिक्री और व्यवसाय में ईजाद किया था। आज उनकी पुस्तकें और ऑडियो तथा वीडियो प्रोग्राम - 500 से अधिक - 38 भाषाओं में उपलब्ध हैं और 55 देशों में इस्तेमाल हो रहे हैं।

वे पचास से ज़्यादा पुस्तकों के बेस्टसेलिंग लेखक हैं, जिनमें *फुल एंगेजमेंट* तथा *रिइनवेंशन* शामिल हैं।